二見サラ文庫

上野発、冥土行き 寝台特急大河
～食堂車で最期の夜を～

遠坂カナレ

| Illustration |

水引まぐ

C O N T E N T S

第一章　目黒川の夜桜と花見弁当

JR上野駅、十三番線ホーム。

北へ向かう夜行列車が多く発着していたそのホームには、かつて、夜空のような深みのあるブルーから明るいイエローへと変化する五色のラインに彩られた銀色の壁と、カラフルな椅子が並んだ夜行列車専用の待合所、五つ星広場があった。

夕暮れどきの五つ星広場。小学校に上がったばかりの未来来は一人きりで端っこの椅子に腰かけ、地面に届かない足をぶらぶらさせながら、母親と、彼女の再婚相手が買い出しから戻ってくるのを待っていた。

喧嘩ばかりしていた両親の離婚が決まったのは、今から一年ほど前のことだ。未来来は母と、その再婚相手と一緒に北海道で暮らすことになった。

知らない町に行くのは不安だけれど、夜行列車に乗れるのは嬉しい。ホームの案内板にも待合所にも、至るところに星のマークが配されている。

車窓から星を眺めることもできるのだろうか。列車に泊まれるなんて、それだけでワクワクして眠れなくなってしまいそうだ。

「まもなく十三番線に、当駅始発、寝台特急北斗星(ほくとせい)、札幌(さっぽろ)行きがまいります。危ないですから、黄色い線までお下がりください」

入線を報(しら)せるチャイムとアナウンスが流れ、今すぐ駆け出したい気持ちになる。

だけど母からは、『ここで待っていなくちゃダメよ』と、きつくいわれている。

一秒でも早く、今夜泊まる列車を見たいのに。列車の走行音が間近まで迫ってきても、母は戻ってこなかった。

ゆっくりと入線してきたのは、目が覚めるような鮮やかな青い夜行列車(ブルートレイン)だった。

「母さん、どこに行っちゃったんだろう……」

乗り遅れたら大変なことになる。だけど、ここを離れて一人で列車に向かったところで、未来来にはどの車両に乗ったらいいのかわからない。

リュックサックのストラップをぎゅっと握りしめ、未来来は周囲を見渡した。

「母さん、どこ？　どこにいるの？」

跳ねるように立ち上がり、大きな声で叫んだけれど、なんの反応もない。

一両、一両、客車をたどってゆくと、先頭には青い車体に流れ星の描かれた電気機関車が連結されていた。正面にまわり込んでみると、円形のヘッドマークにも、流れ星と七つの星の絵が描かれている。中心に書かれている漢字は未来来には読むことができないけれど、きっとこの列車が、北海道に行く夜行列車、『北斗星』だ。

五分、十分、焦れた気持ちのまま時計の針が進み、高架の狭間からのぞく空が薄闇に包まれてゆく。発車を報せるアナウンスが流れても、母は戻ってこなかった。

「どうしよう。特急、行っちゃう！」

全速力で駆け寄り、いちばん近い乗車口に飛び込もうとする。鳴り響く発車ベル。駅員さんに「危ない！」と叱り飛ばされた。

この列車のなかに、母親がいる。そう告げたいのに。思いきり走ったせいで息が上がり、うまく言葉が出てこない。

「ほら、離れて。危険だ」

背後から抱きすくめるようにして、黄色い線の内側に引きずり込まれる。目の前で扉が閉まり、流れ星マークの列車は、ゆっくりと走り出してしまった。

「きみ、迷子かい？」

駅員さんに声をかけられ、未来来は慌てて首を振った。

母の再婚相手には借金がある。もし北海道に行くことが借金取りに知られたら、再婚相手だけでなく、母まで危険な目に遭うのだそうだ。

クラスメイトや先生、近所の人たちにも、引っ越しのことは絶対に教えてはいけないといわれている。迷子だと思われて警察に連れていかれたら、大変なことになってしまうかもしれない。

「違います。ちょっと列車を見ていただけで……」

震える声でそう答え、未来来は駅員さんから逃れて十三番線ホームに戻った。

彼女たちは、駅弁を買いに行くといっていた。もしかしたら、買い物に夢中になって発車時刻を逃してしまったのかもしれない。

入れ違いになってしまわないよう、未来来はリュックサックから真新しいパンダのぬいぐるみを引っ張り出し、五つ星広場の椅子の上にちょこんと座らせた。さっき、生まれて初めて遊びに行った動物園で、母が買ってくれた真新しいぬいぐるみだ。

「ぼくのいないあいだに母さんが戻ってくるかもしれないから、ぼくの代わりにここで待ってて！」

ぬいぐるみのパンダにそう告げ、未来来は走り出す。

「駅弁屋さん、駅弁屋さん」

駅構内の売店を、母の姿を探してまわる。

どんなに探しても、母を見つけることができなかった。

もしかしたら、次の便に乗るつもりなのかもしれない。そう思い、未来来はもう一度、十三番線ホームに戻った。けれども五つ星広場にも乗り場にも、母の姿はない。母だけでなく、他の乗客や駅員さんの姿さえ見当たらなかった。

「ぼくだけ置いていかれちゃったのかな……」

そんな不安がムクムクと大きくなってきた。

向かいのホームに行き、駅員さんに声をかける。

「すみません、あのっ……北海道に行く夜行列車、次は何時に出ますか？」

「北海道に行く列車かい？　それなら、さっき出た十九時三分発の北斗星が最後だよ。きみ、夜行列車を見に来たの？　親御さんはどこかな。はぐれちゃったのかい？」

駅員さんに腕を摑まれそうになって、慌てて後ずさる。

「あ、いえ、お母さんが向こうのトイレに行ってて……」

たどたどしく答えたそのとき、目の前に停車中の列車の扉が開き、仕事帰りと思しきスーツ姿の大人たちがどっと溢れ出してきた。人の群れに飲み込まれそうになって、慌ててホームの端に逃げる。突進してくる大人たちの狭間を縫って、未来来は五つ星広場へと走った。

がらんとした空間には母の姿はなく、パンダのぬいぐるみが、ちょこんと座っているだけだ。途方に暮れた未来来は、その場にへたり込んでしまった。

「どうしよう。母さん、どこ行っちゃったんだろう……」

いつのまにか日が沈み、高架の切れ目、わずかにのぞく鼠色の空に、ぼんやりと月が滲んでいる。涙が溢れてきそうになって、未来来は必死で唇を嚙みしめた。

向かいのホームで鳴り響く、列車の到着を報せるベルの音。その音に誘われるように、未来来はふらりと立ち上がる。

『お願いだから、未来来の前で当たり散らすの、やめてよ』

『うるさい。どうして自分のガキの前で気を遣わなくちゃならねぇんだ』

『あなたの子だからでしょ。怯えてるじゃない』

『関係ねぇよ、そんなの。お前が「産みたい」なんて言い出したのがいけないんだろう。お前のせいで、俺の人生はめちゃくちゃにされたんだ。どうしてくれるんだよ！』

両親の諍い合う姿を思い出す。

酒を飲んで暴れる父と、泣きじゃくる母。『お前なんか、生まれなければよかったんだ』と未来来も毎日のように父に怒鳴られていた。

「いらない子どもだから、置いていかれたんだ……」

母はいつだって父の暴力から未来来を守ってくれていたけれど、もしかしたら心のなかでは、彼女も『産まなければよかった』と思っていたのかもしれない。

頭からすぅっと血の気が引いてゆく。吸い寄せられるようにホームに歩み寄り、転落しそうになったそのとき、背後から強引に抱きすくめられた。冷たい手のひらが頬に触れ、ぞくっと背筋が震える。

駅員さんだろうか。不安になった未来来を爽やかな香りが包み込む。

「馬鹿なことをするんじゃありません。こんなところに飛び込んだって、大けがをするだけで、死ぬことはできませんよ」

耳元で囁かれた言葉。頰に触れた手のひら以上にそれはとても冷ややかで、先刻、駅員さんに大声で叱られたとき以上に怖くて、未来来はぎゅっと全身をこわばらせた。

「だけどっ……母さんが……」

こらえていた涙が、一気に溢れ出す。その場にへたり込んでしゃくり上げた未来来を、冷たい手のひらの持ち主はひょい、と抱え上げた。

「ほわっ……!?」

慌てふためき、手足をばたつかせて抗うと、「大人しくしていなさい」と叱られた。凜と冷たくて、だけど、とてもきれいな声。その声に吸い寄せられるように、未来来は自分を抱き上げた男の顔をのぞき見た。

ホームの照明を浴びてきらめく銀色の髪と、透き通るように白く澄んだ肌。瞳の色は淡い緑色で、今までに未来来が見たどんな色よりも美しく、宝石のように輝いて見えた。

思わずその色に見惚れてしまった未来来に、彼は面倒くさそうな声音でいう。

「人間に転生させられた死神が、十八歳の誕生日を迎える前に死ぬと、二度と死神に戻れなくなってしまうのです。十八歳になった後ならば、自殺しようがなにしようが構いません。ですが、それまでは絶対に、死なれるわけにはいかないのですよ」

しにがみ。てんせい。この人はいったいなにをいっているのだろう……。

首を傾げた未来来を、彼は肩に担ぎ上げたまま改札へと運んでいく。

「ちょっと待って。お母さんを探さないとっ……」

「探しても無駄です。あなたは置いていかれたんですよ。あなたを守るためにね。あの二人についていけば、あなたは今以上に不幸になります」

「どういう、意味……？」

顔も見たことのない知らない人。それなのに、なぜこの人は、そんなことをいうのだろう。未来来や未来来の母のことを知っているとでもいうのだろうか。

「私がそばにいられればいいのですが、しばらくこちらには来られなくなるのです。代わりにこれを置いていきます。いいですね、絶対に肌身離さず、毎日、つけ続けるのですよ。外そうなんて、馬鹿なことを考えてはいけません」

彼はそういうと、未来来を地面に下ろし、その手首に銀色のなにかを巻きつけた。

「これ、なに？」

「あなたの命を守ってくれる、お守りのようなものです。おそらく十年は保つでしょう。これが壊れるころには、私もこちらに戻ってこられると思います。そのとき、あなたがまだ死にたいと望んでいるのなら、十八歳の誕生日を迎えたその日に、私がこの手で殺し、死神に戻してあげます。いいですね、それまでは絶対に死んではダメです。あなたのその魂は、あなただけのものではないのですから。わかりましたか？」

手首に巻かれた銀色のものが、まばゆい青い光を放つ。

彼は改札脇に立つ駅員さんに未来来を託すと、きびすを返して人混みに向かって歩いていってしまった。

「きみ、どこから来たの？」

「迷子かい？」

「え、いや、あの、えっと……っ」

逃げたいのに、何人もの駅員さんに囲まれ、どうすることもできない。

「ねえ、ちょっと待って。これ、なに。待って。置いていかないで！」

必死で手を伸ばし、叫び続ける。けれども、どんなに叫んでも、彼が戻ってきてくれることはなかった。


あの日から、未来来は時折、おかしな夢を見るようになった。

夢のなかの未来来は今よりずっと低い声をしていて、両手両足を鎖で繋（つな）がれ、鬼のように恐ろしい顔をした大男に叱責されている。

漆黒の闇にゆらめく、赤々と燃えさかる炎。険しい言葉で詰（なじ）られ、いつも夢の最後は真っ暗な穴のなかへと堕（お）とされて終わる。

『貴様の救いたかった「人間」が、どれだけ身勝手で醜い側面を持つ生き物なのか、その身をもって思い知るがいい』

雷鳴のように激しい怒声と、落下する直前に見えた、きらきらと銀色に光るもの。

目覚めたときには夢の細部は曖昧になって、その二つだけが未来来の記憶のなかに蓄積されてゆく。

月日が流れ、あの日、列車に飛び込もうとした自分を助けてくれた人の特徴さえ、もう思い出すことはできない。どんなに外そうとしても外れなかった銀色のブレスレットも、先週、四十度近い熱を出して三日三晩寝込んだときに、粉々に砕け散って消えてしまった。

なにか思い出せるかもしれないと思って足を運んだ上野駅の十三番線ホームは、いつのまにか、北へ行く夜行列車が廃止され、宇都宮（うつのみや）線・高崎（たかさき）線のホームに生まれ変わっていた。

星のマークが記された案内板も、五つ星広場も、跡形もなく消えていた。

なにもかも変わってしまったのに、奇妙な夢だけは、くり返し見続ける。

どんなに拒んでも、忘れたころに不意に見てしまう。

『貴様の救いたかった「人間」が――』

もういい。これ以上、見たくない。やめてくれ。

嫌でたまらないのに、ひたすら詰られ、深い穴に突き落とされては落下してゆく。

「うわぁああっ……！」

叫び声を上げて飛び起きると、そこは大叔父（おおおじ）の営む定食屋だった。

昼営業と夜営業の狭間。夜営業の仕込みを終えた大叔父は出かけていて、店内には未来しかいない。

「またあの夢か……」

カウンターから身体（からだ）を起こし、厨房（ちゅうぼう）へと戻る。流しで顔を洗っていると、引き戸が開く音がした。

「すみません、今、営業時間外で……」

顔を上げると、そこにはタイトなブラックスーツに漆黒のネクタイを締め、銀色に輝く髪をした細身の男が立っていた。

モデルかなにかだろうか。戸口に頭をぶつけそうなほど背が高く、驚くほど手足が長くて顔が小さい。白磁のような肌に、翡翠（ひすい）色の瞳。人間離れした、美しい顔だちの男だ。

「なんでもいいので、作っていただけませんか」

氷のように冷ややかな声音で、彼はそういった。人にものを頼むときの態度とは思えないくらいツンと澄ましていて、「お願いします」という気持ちがまったく感じられない。けれども、そんな態度がよく似合うほど、彼は高貴なオーラをまとっていた。

「ええと、今、店主が不在なので……」

「調理服を着ているということは、あなたも料理が作れるのですよね？　店主の力を借りなくては、なにひとつ作れないのですか？」

皮肉めいた声でいわれ、未来来は戸惑いながらも厨房に立った。

実の親に捨てられ、親戚じゅうをたらいまわしにされた挙句、『父方の祖父の弟』という、微妙に血縁の遠い親族のもとで育てられた未来来。その出自と『未来来（みらくる）』という一風変わった名前のせいで、幼いころから執拗（しつよう）ないじめに遭い続けてきた。

朝になるたびに激しく腹が痛み、どうしても学校に行けなくなったのは、中学二年のとき。それ以来、未来来は登校できない申し訳なさから、大叔父の店を手伝うようになった。

不登校のまま中学を卒業扱いになった後は、就職も進学もせず、アメ横の外れにあるこのおんぼろな定食屋『めし処　おおはし』の厨房で日々過ごしている。そのため、十七歳の誕生日を翌週に控えた今では、たいていのメニューは自分一人で作れるようになった。

肉野菜炒（いた）めとかき玉汁を手早く作り、作り置きの小鉢と共にカウンターに並べると、銀髪の男は「いただきます」と律儀に手を合わせた。意外なその仕草に、未来来は軽く面食らう。

どこからどう見ても日本人には見えないのに、男の箸使いは、驚くほど美しかった。流れるような所作で、上品な容姿とは不釣り合いな、庶民的な肉野菜炒めを口元に運ぶ。ゆっくりと咀嚼（そしゃく）した後、彼は目を細め、ぼそりと呟（つぶや）いた。

「やはり、大河（たいが）の味がします。魂の色や匂いから、あなたが大河の生まれ変わりであることは確信していましたが、作る料理の味まで、まったく同じなのですね」

「たいがの生まれ変わり……？」

問い返した未来来に、男はなにも答えない。まるで、目の前の未来来など眼中にないかのように、彼は黙々と料理を味わった。

　そして米粒ひとつ残すことなくきれいに平らげると、「ごちそうさまでした」とふたたび手を合わせる。

「お粗末さまでした」

　ぎこちなく返した未来来を、翡翠色の瞳がじっと見つめてくる。あまりの目力の強さに怯（ひる）みそうになった未来来に、彼はなにかをいおうとした。

　桜色に艶（つや）めく、形のよい唇。発されかけた声を遮るかのように、勢いよく引き戸を開く音が響いた。

　戸口から顔をのぞかせたのは、休憩に出ていた大叔父の剛志（つよし）と、アメ横の高架下で雑貨屋を営む年配の女性だった。

「未来来ちゃん、おばちゃん昨日、お茶ノ水に行ってきたんだけど、そこでね、新しい単位制高校のパンフレットを貰（もら）ってきたの。ほら、ここならネットでも授業を受けられるし、未来来ちゃんと同じように学校に行けなくなった子もたくさん通っているみたいだから、きっと普通の学校より通いやすいと思うのよ」

熱心な口調でいわれ、パンフレットを差し出される。

「ほら、見て。ここ。中学の授業を復習できるカリキュラムもあるんだって」

学校に通えなくなってから、三年近い月日が流れている。本来なら、この春から高校二年生になるはずだった。それなのに中学二年生のまま、未来の時間は止まってしまった。身長だけは勝手に伸びてゆき、いつのまにか大叔父と同じくらいの高さになった。だけど心も学力もあの日のまま、一ミリも成長できていないのだ。

「ごめんなさい、野崎のおばちゃん。おれ……」

本当は、一日も早く社会復帰しなくちゃいけないのだと思う。今ならまだ、一年遅れで高校生になることだってできる。

遅くなればなるほど、取り返しがつかなくなる。頭ではわかっている。それでも……『学校に行かなくちゃ』と思うと、全身が震えて、ひねり潰されそうなほどお腹が痛くなって、どうにもできなくなるのだ。

給食のカレーに校庭の砂をぶちまけられ、無理やり食べさせられたこと。上靴に死んだ金魚を入れられ、強引に履かされたこと。かばんのなかにクラスの女子の下着を入れられ、下着泥棒に仕立て上げられたこと。

辛かった記憶が一気によみがえって、震えが止まらなくなった。

ふらりと厨房を出て、もつれる足で店の外に駆け出す。

「未来来ちゃん！」

わかっている。心配してくれているのだ。大叔父も、近所の人たちもみんな、未来来の将来を気にかけてくれている。

そのことがわかっているから、余計に辛かった。

外国人観光客で賑わう、アメ横の街。人の群れを縫うように駆け抜け、やみくもに走り続ける。

ぶつからないように気をつけたはずなのに、思いきり誰かにぶつかってしまった。

「おっと、未来。どうした、切羽詰まった顔して。腹でも壊したか。ん？　ウチのトイレでクソしてくか？」

脳天気な声で話しかけてきたのは、『めし処　おおはし』の常連客、陽一だった。

百八十をゆうに上回る長身に、ド派手なアロハシャツと明るく染めた髪。アメ横の老舗古着屋、鷹野商店の三代目である彼は、無駄に整った顔だちと爛れた色香で、この界隈のおばちゃんたちの人気を一身に集める男前だ。

「野崎さんとこのおばちゃんが、また単位制高校のパンフレットを持って突撃してきて……」

「あぁ、昌江さんか。あの人、お節介な上にとてつもなくしつこいからなぁ。俺も顔を合わせるたびに、いまだに『写真だけでも見な！』って見合い写真、押しつけられて困ってんだよ……」

「写真くらい、見たらいいのに。すっごくきれいな人かもよ」

「馬鹿いうな。四十も半ばになって、今さら見合いなんて冗談じゃねぇよ。この年で結婚してみろ。ガキが大学出るころには、七十だぞ、七十。そんな年まで働いてられるかってんだ」

「ちゃんと大学まで行かせてあげるつもりでいるんだ」

軽そうな見た目に反して、陽一はとてもまっとうだ。結婚して所帯を持てば、きっとよい父親になるだろう。少なくとも酔っぱらって母に暴力ばかりふるっていた未来来の父よりずっと、子どもを可愛がるに違いない。

「本人が望めばな。まあ、実際にはガキなんか一生、持つことはないだろうけどな。そんなことより、未来、クッキー食わねぇか。このあいだハワイに買いつけに行ったときに買ってきたんだ。ほら、お前の好きなチョコレートのかかったやつ」

肩を抱かれ、強引に店内に連れ込まれる。

所狭しと古着の並ぶ迷路のような売り場を抜け、未来来はバックヤードでクッキーと麦茶をごちそうになった。ひと息つくと、勝手に店を飛び出してきてしまったことを申し訳なく感じ始めた。

だからといって、野崎のおばさんがいる店には戻りたくない。

「陽一さん、ウチの店のチラシってまだある？」

「おう、あるぞ。たくさん。どした」

鷹野商店は、おおはしのチラシや割引券を客に渡してくれている。だから店にはいつも、おおはしのチラシがストックされているのだ。

「なんか色々、申し訳ないし。駅前でチラシ配り、してこようかなぁと思って」

最後までいい終わる前に、ぐしゃぐしゃと髪をかき混ぜられる。

「お前、本当にいいやつだなぁ。剛志さんがお前を溺愛する気持ちがよくわかるよ」

「溺愛って……大叔父さんは、仕方なくおれを育ててくれてるだけで……」

軽い雰囲気の陽一とは対照的に、大叔父の剛志は『いかにも頑固な職人』といった雰囲気で、無口で無表情、なにを考えているのかさっぱりわからない。

短く刈り込まれた白髪交じりの頭と、いかつい顔だち。おまけに額には大きな古傷があって、初めて会ったとき、未来来は『また暴力をふるう人のところだ……』と絶望的な気持ちになってしまった。

実際に一緒に暮らしてみると、大叔父は外見が怖いだけで、暴力などいっさいふるわない真面目な男だった。優しい言葉をかけられた記憶はないけれど、嫌なことをされたことも一度もない。

未来来が不登校になってからも、無理に学校に連れていこうとしたり、未来来を責めたりすることなく、いじめを放置した学校に抗議し、相手の保護者にも厳重に注意をしてくれた。

いつだって自分の味方をしてくれる、頼もしい大人。大叔父や陽一に守られ、未来来は、めし処おおはしに引きこもるようにして、日々を過ごしている。

「はいはい。本当はわかってんだろ。目に入れても痛くないってくらい大事にされてること」

ほらよ、とチラシと割引券の束を手渡される。

「わかってるよ。だからこそ、余計に申し訳ないなぁって思うんだ」

大叔父ももう五十を越えている。本当ならさっさと高校に行って、一人前になって、彼が隠居できるくらいの頼もしい大人にならなくちゃいけない。

「あんまり思い詰めんな。考えすぎるとハゲるぞ」

軽く頬を小突かれ、ぎこちなく笑顔を作る。未来来はクッキーのお礼をいって、鷹野商店を後にした。

ＪＲ上野駅の不忍口（しのばずぐち）は、花見客や家路を急ぐ人たちでごった返していた。

まだ十八時になったばかりだというのに、すでに酔っぱらっている人も多い。

「アメ横、鷹野商店斜め向かい、『めし処　おおはし』本日、ハイボール百円キャンペーン実施中でーす」

昼間は定食屋、夜は居酒屋として営業している大叔父の店。

『チェーン店には貸さない』と古くからの商店主が頑張っていた時代も今は昔。アメ横にも激安チェーンや外国人経営の店が増え、厳しい競争に晒（さら）されている。常連客がついてくれているおかげで、なんとかやっていけているけれど、大叔父の店も繁盛しているとはいい難い。

人前に出るのは苦手だし、知らない大人に話しかけるなんて怖くてたまらない。それでも未来来は自分を奮い立たせ、必死で声を張り上げ続けた。

「お、未来来じゃねぇか。こんなところでなにしてんだ」

聞き覚えのある下卑た声に、びくっと身体をこわばらせる。中学時代の同級生たちだ。無視して立ち去ろうとして、羽交い締めにされた。

「っ……！」

ぐっと締め上げられ、苦しさにあえぐ。

「お前、高校行かずにしょぼい定食屋で働いてるんだってな」

「さすがミラクル。キラキラネームを裏切らない底辺っぷりだな」

「働いてるってことは、金持ってるってことだよな。出せよ。俺たちが使ってやるから」

羽交い締めにされたまま小突きまわされ、強引に財布を奪われそうになる。

「やめっ……！」

腹に蹴りを入れられ、財布を奪い取られたそのとき、冷ややかな声音が響いた。

「汚らわしい手で大河に触れるのはおやめなさい」

痛みに耐えながら顔を上げると、そこには先刻の銀色の髪をした男が立っていた。

「大河？　なにいってんだ、この外人」

ダメだ。自分のせいで彼まで酷い目に遭ってしまう。銀髪の男は背こそ未来来より高いものの、ほっそりしていて争い事など無縁のように感じられる。

よろめきながら立ち上がり、なんとか彼を守ろうとしたそのとき、「痛ぇ！」と情けない悲鳴が上がった。未来来の財布を奪った少年が、銀髪の男に腕をひねり上げられ、悲痛な叫び声を上げている。

「人の財産を暴力で奪うとは何事ですか。そのような行いをする者は、ろくな死に方をしませんよ」

「うるさい。貴様は黙ってろ」

いきり立ち、いっせいに飛びかかっていった少年たちを、男は表情ひとつ変えることなく軽々と叩きのめし、一人残らず地べたに這いつくばらせてしまった。

呻き苦しむ彼らから財布を取り返し、男は未来来に差し出す。

「大丈夫ですか、大(たい)……いえ、今は未来来、という名でしたね」

「おれの名前……未来来なんかじゃない。未来(みらい)、です」

未来来という名前は嫌いだ。母がつけてくれた名前のようだけれど、大叔父や陽一が呼んでくれる『未来』という呼び方のほうがずっといい。本当の名前じゃないけれど、そう呼んでもらえるときだけ、ちゃんと人間として扱ってもらえているような気分になる。

「そうですか。では未来。私と一緒に来てください」

「どこへ、ですか?」

「行けばわかりますよ」

腕を摑まれ、ぐっと引き寄せられる。ふわりと香る、ハーブのような爽やかな匂い。どこかで嗅いだことのある匂いのような気がするけれど、気のせいだろうか。


連れていかれたのは、花見客で賑わう満開の桜に彩られた上野恩賜公園の先、博物館動物園駅跡だった。

暮れ始めた空。オレンジ色のやわらかな外灯がともるその一角は、園内の喧噪(けんそう)が嘘(うそ)のように静まり返っている。

こぢんまりとした石造りのレトロな洋風建築。小さいながらも風格を漂わせるどっしりとした重厚な佇(たたず)まい。瀟洒(しょうしゃ)なレリーフとピラミッドのような三角屋根を冠したそれは、戦前に開業し、未来来が生まれる前に営業を停止した、私鉄の地下廃駅だ。

「ここ、廃駅ですよね？」

「ええ、そうですよ。もう使われなくなった、過去の遺跡です」

男はそういうと、翡翠色の大きな鉄扉に手をかける。開くはずのない廃駅の扉。駅舎に覆い被さるように枝を伸ばす桜の古木からはらりと花びらが舞い落ちたそのとき、なぜだかその扉が、音もなく静かに開いた。

「嘘……なん、で？」

驚きに目を見開く未来来の腕を摑み、男は建物のなかに入るよう促す。

「や、勝手に入ったら怒られますよっ」

細身に感じられるのに、どんなに抗っても彼の手を振りほどくことはできなかった。廃駅のなかに足を踏み入れた直後、扉が閉まり、目の前が真っ暗になる。突然訪れた暗闇と静寂に、未来来はパニックを起こしてしまいそうになった。

「あぁ、光がないと、今のあなたには見えないのでしたね」

男がそう呟いた直後、ぼっと青白い光がともった。ゆらゆらと揺れる光に照らされ、室内のようすが浮かび上がってくる。

「なんですか、これ……」

コンクリート剝き出しの古ぼけた壁面。見上げると、天井は荘厳なドーム型だった。まるでプラネタリウムのスクリーンのような半円形に、見事なレリーフが刻み込まれている。昭和の香りを色濃く感じさせる、古めかしい意匠だ。

「もう少し明るくしないと、あなたは転んでしまいそうですね」

ぱちん、と彼が指を鳴らすと、室内は昼間のように明るくなった。天井には明かり取りはないし、煤（すす）けたコンクリートの壁面に並ぶ、かつては窓だったと思われる箇所も、すべてしっかりと封じられている。照明らしきものもどこにもないけれど、いったいどういう仕組みで明るくなっているのだろう。

「行きましょう。こっちです」

冷たい手のひらが、未来来の手を摑む。促されるまま階段を下ると、そこには切符売り場だったと思しき空間があった。窓口は板のようなもので閉鎖され、色あせた壁には、いくつも落書きが残されている。この駅が廃業してしまうことを惜しむメッセージやイラストたち。奥にはガラス扉があり、階下へと続く階段が見える。新しく作られたものなのだろうか。そのガラス扉だけは、古めかしさを感じなかった。

ガラス扉にも鍵はかかっていないようだ。男が扉を開くと、地下鉄独特のむっとする匂いが立ちのぼってくる。壁面はくすんだ白と鮮やかすぎて逆にレトロな感じがする原色の黄色のツートンカラー。手を引かれたまま廃墟めいた細い階段を下ってゆくと、信じられないものが視界に飛び込んできた。

「どうして、こんなところに五つ星広場が……」

ＪＲ上野駅十三番線ホームにかつて存在していた、寝台特急専用の待合所。それがなぜ、私鉄の地下廃駅に存在するのだろう。

寝台特急カシオペアのデザインを模した、銀色に塗られた壁と、虹のように並んだ五色のライン、そしてカラフルな椅子たち。十年前、見たままの光景が広がっている。

「消えゆくものに、ふたたび『形』を与える。私たち死神にとっては、造作もないことです」

謎の言葉を吐く男を尻目に、おそるおそる手を伸ばし、椅子のひとつに触れてみる。幻ではないかと疑っていたけれど、懐かしい感触がしっかりと指先に伝わってきた。

呆気(あっけ)にとられた未来来の耳に、入線を報せる接近メロディが響く。

「まもなく十三番線に、当駅始発、寝台特急大河、冥土行きがまいります。危ないですから、黄色い線までお下がりください」

幼さを感じさせる愛らしく澄んだ声が、地下のホームに響き渡る。カタン、カタンと列車が近づいてくる音がして、聞き覚えのある警笛が耳を劈(つんざ)いた。

「流れ星の列車だ……！」

あの日、絶望的な気持ちで見送った流れ星マークの青い夜行列車(ブルートレイン)。思わず息を呑(の)んだ未来来の目の前に、その列車はゆっくりと入線してくる。

青い車体に、金色の帯。ヘッドマークには『北斗星』ではなく『大河』と記されており、北斗七星や流れ星の代わりに、川の流れをイメージさせるような白いラインが入っている。けれども、それ以外はほとんど違いがないように見えた。

一気に十年前のあの日に、連れ戻されたような錯覚に陥る。

「昭和の終わりから平成の終盤までを駆け抜けた最後のブルートレイン、『北斗星』の車体を復元したものです。牽引機関車を、青色のEF510形に変更しましたが、客車は、ほとんど以前のままですよ」

男に促され、車内へと足を踏み入れる。内扉を抜けると、まっすぐ伸びた細い廊下と、いくつも並んだ個室の扉が見えた。

初めて見るはずの、寝台列車の内部。それなのになぜか、無性に懐かしい気持ちになる。吸い寄せられるように、次の車両へと向かった未来来に、彼は質問を投げかけてくる。

「食堂車がどこにあるのか、覚えているのですか?」

「この列車に乗るのは初めてだし、食堂車の場所なんて知りませんけど……」

十年前のあの日、未来来は結局、あの列車に乗ることができなかった。母親を見つけられないまま交番に連れていかれ、親戚の家に預けられることになったのだ。

「じゃあ、どうして迷うことなく、進んでゆくのですか」

そんなふうに訊ねられても、どうしてなのかなんてわからない。なんとなく、足がそちらに向いただけだ。

寝台車両を抜けて隣の車両に向かうと、そこはシンプルな今までの車両とは違い、重厚な雰囲気の漂う空間だった。

飴色(あめいろ)に輝く木目調の壁に、鈍い光を放つ金色の手すり。レトロな絨毯(じゅうたん)敷きの廊下を抜けた先には、『GRAND CHARIOT(グランシャリオ)』と刻まれた金色のプレートが輝く扉があった。プレートには北斗七星と三日月のマーク。そのマークを見た途端、ぎゅっと胸が苦しくなった。

「なにか思い出しましたか」

そう訊ねられ、未来来は小さく首を振る。

寝台列車に乗るの自体、初めてなのだから、当然、この扉を見るのも初めてのはずだ。それなのになぜ、先刻から妙な既視感を覚えるのだろう。

戸惑いを感じながらおずおずと扉を開くと、テーブルランプのやわらかな光に照らされた瀟洒な空間が現れた。

大きな窓に面して配置されたダイニングテーブルには淡い桜色のクロスがかけられ、金枠に縁取られたワインレッドの椅子が並んでいる。色味を抑えた赤系色で統一された内装は、列車のなかとは思えないほど上品で洗練されているように感じられた。

『食堂』という庶民的な言葉から連想されるものとは大きく異なり、明らかによそいきの服装で訪れるための場所だ。ファミレスでさえ行ったことのない未来来には、異次元のように感じるはずの場所。

それなのに、なぜだろう。なぜだか無性に懐かしい気持ちになる。

呆然と立ち尽くしていると、不意に正面の扉が開き、小柄な女性が入ってきた。ゆるやかなウェーブを描く栗色の髪と、長いまつげに覆われた大きな瞳。芸能界に疎い未来来でさえ知っている、著名な女性アーティスト、水瀬來夏だ。

「水瀬、來夏……？　嘘だ。彼女、亡くなったんじゃ……」

一か月ほど前、彼女は自宅のベランダから飛び降りて亡くなったはずだ。ネットニュースやワイドショーで連日のように取り上げられていたし、つい先日も、大叔父が仕込み中に聴いているFMラジオで、彼女の追悼番組を放送していた。

困惑する未来来に、男は静かな声音でいう。

「亡くなったから、ここにいるのですよ。この列車は、十王の招集を無視して現世に留まり続けている死者を、死後三十五日目に閻魔王が行う五七日の審理までに無事に冥土に送り届けるためのものなのです」

この人はいったい、なにをいっているのだろう。そんな胡散くさい話、どう考えても信じられないけれど、目の前の來夏は、インターネットやテレビで観た彼女とまったく同じ姿をしているように感じられる。

「未来、あなたにお願いがあります。この寝台特急大河の食堂車で、調理師として働いてくれませんか」

唐突にかけられた言葉に、未来来は面食らった。

開くはずのない地下廃駅の扉、死者を乗せて走るという寝台特急。どう考えても現実とは思えない。

こんなのは絶対に夢だ。

そう思い、思いきりほっぺたをつねると、ずきんと生々しい痛みが走った。

「痛っ……」

「そんなふうにつねれば、痛いに決まっているでしょう。あなただけの魂ではないのです。無駄に傷つけるような真似(まね)はおよしなさい」

冷ややかな声音でいわれ、未来来はじんじんと痛む頬をなでながら、現実離れした空間のなかでもいちばん現実味のない男の姿を、あらためて観察してみた。

照明を反射してきらきらと輝く銀色の髪。宝石みたいに澄んだ翡翠色の瞳と、内側から輝きを放っているかのような、真珠のように白くてなめらかそうな肌。顔だちもスタイルも整いすぎていて、とてもではないけれど、現実の生き物とは思えない。

「死者を冥土に連れていくって……もし仮に、それが本当だとしたら——何者なんですか。えぇと……」

長年引きこもりのような生活を続けている未来来には、目の前の男をどう呼んだらいいのかわからなかった。名前の聞き方もわからない。指さすわけにもいかず、中途半端に口ごもった未来来に、彼はため息交じりにいった。

「ここへ来ても、やはりなにも思い出せないのですね。私の名は、アレクセイですよ」

「アレクセイ、さん？」

「アレクセイで結構。私も大河も、十王に仕える死神です。先ほどもいったように、現世に留まり続ける死者を、冥土に送り届けるのが私たち死神の仕事なのです」

「じゅうおう……ってなんですか？」

「十王というのは、死後の人間の処遇を決める、裁判官のようなものです。極楽や地獄という言葉は知っているでしょう？」

「知ってる、けど……そんなの本当にあるんですか？」

「ありますよ。あなたが想像しているものと同じかどうかはわかりませんが。十王は人間の生前の行いをもとに、その行き先や処遇を決めるのです」

「閻魔大王、みたいな感じでしょうか」

「閻魔王だけは知っているんですね。こちらの世界では、なぜか彼だけが有名なようですが、審理を行う王は閻魔王を含め、全部で十人いて、だから十王と呼ばれているんです」

死後七日ごと、計七回行われる審理と三回の再審制度。その五番目、三十五日目に行われる、五七日の審理を担当する王の名が、閻魔王なのだという。

「それって確か、仏教の世界の話ですよね」

「呼び名や細かい仕組みは変わりますが、大まかな仕組みは、どの宗教でも一緒ですよ。『天国と地獄』という概念は多くの宗教で語られているでしょう?」

未来来には宗教のことはよくわからないけれど、確かにその二つくらいなら存在している宗教が多そうだ。「なるほど」と納得した未来来を見上げ、來夏がおかしそうに噴き出した。

「う……おれ、なんか変なこといいましたか?」

不安になって訊ねた未来来に、來夏は肩を震わせながら首を振ってみせる。

「ううん。なんか凄く順応力高いなーって思って。普通はいきなりこんな場所に連れてこられて、『死者』とか『死神』なんていわれたら、怖くてパニック起こさない?」

「あー……うん、そうですね……。確かに理解不能すぎてどうしていいかわかんないですけど。でも彼、おれを助けてくれたんです。暴力をふるわれて財布を奪われそうになったところを、救ってくれて……」

「あなたの魂を狙っているのかもよ。他の人に奪われると困るから、助けただけかも」

來夏にいたずらっぽい瞳でのぞき込まれ、未来来はびくっと身体をこわばらせた。

「そうなんですか……?」

不安になって訊ねた未来来に、アレクセイは呆れたような顔を向ける。

「どうしてあなたの魂を刈らなくてはいけないのですか。せっかくここまで守ってきたのに。十八歳になる前に絶命されては、今までの苦労が水の泡です。そんなことより、どうなのです。ひと晩手伝ってくれたら、二万円支給します。今のあなたは、あまり金回りがよさそうには見えませんし、悪い話ではないでしょう」

ひと晩で二万円。未来来の四か月分の小遣いだ。そんなにたくさんお金があったら、金額に怯んでなかなか人間ドックを受けようとしない大叔父に『お金なら、おれが出すから毎年受けなよ』といってあげられるかもしれない。

報酬の大きさに揺らぎそうになったけれど、正直、死者を運ぶ列車の食堂で働くなんて、胡散くさすぎる。戸惑う未来来に、アレクセイは穏やかな声音でいった。

「この列車は、現世に未練を持つ死者の思い残しを解消し、晴れやかな気持ちで旅立ってもらうために存在しているのです。最期の一夜を素晴らしいものにするためにも、食堂車で提供する料理は、とても重要な役割を担っているのですよ」

「そんな重要な仕事を、おれなんかに任せて大丈夫なんですか……？」

「あなたにしか任せられない仕事なのです」

きっぱりと言い切るアレクセイを前に、未来来は不安を感じずにはいられなかった。

「おれ、調理師免許を持ってませんし、ちゃんとした学校を出てるわけでもないです。作れる料理も限られてるし……もっと他に適任がいるんじゃないですか」

「この食堂車の調理師に必要なのは、ずば抜けて優れた腕前ではなく、死者の想いを汲み取り、それを形にする能力なのです。時には死者自身が振る舞う、料理の手伝いをすることも求められます。死者に寄り添い、彼らの抱える思い残しを解消する手助けをする。それこそが、この厨房で、いちばん大切な仕事なのですよ」

「そんなの、おれみたいな引きこもりには難易度が高すぎます」

「そんなことはありません。あなたこそ、この食堂車の厨房に相応しいのです！」

語調を強めたアレクセイの隣で、來夏は大きく頷いてみせる。

「毎回あんな騒動を起こされたら、嫌になるよねー。うんうん、この子ならそういうのなさそうだし。いいんじゃないかなぁ」

「騒動？」

「あのね、さっきまで厨房で働いていた女の子、アレクセイへの片想いが重症化しすぎて思い詰めちゃったみたいで。包丁振りまわして『どうして他の女の人にばかり優しくするんですか。私にはいつもそっけないのに！』って大暴れしちゃって」

「なんですか、その修羅場……」

「凄かったわよー。『あなたを殺して私も死ぬー！』って。『いや、アレクセイ死神だし、刺しても死なないでしょ』って私がツッコミ入れたら、余計にエキサイトしちゃって」

暴れまわる彼女を失神させ、なんとか地上に送り返したのだそうだ。急遽代わりの調理師が必要になり、未来来のところへ来たのだという。

「あなたが十八歳になるまで、直接的な接触は控えようと誓っていたのですが。限界でした。少し早くなってしまいましたが、やはりこの列車の調理は、あなた以外には務まりません」

この列車の調理師が暴走するのは、今回が初めてではないらしい。

「女の子を雇うからダメなんじゃないですかね。男なら大丈夫なのでは」

「大丈夫じゃないから、女性を雇うことにしたんですよ」

男性調理師が暴走をくり返し、「女性なら安心なのでは」と望みを託したものの、続けざまに数名、暴走されてしまったのだそうだ。

「そういう状況なので、あなたにまで拒まれてはどうにもならなくなってしまうのです」

「色恋に惑わされない年輩の調理師さんを雇えばよいのでは……」

「老若男女、すべて試しました」

どの調理師も、一人残らずアレクセイに夢中になり、業務に支障をきたしたのだという。

「とにかく、まずは彼女の話を聞いてあげてください。どんな心残りがあって、どんな料理を求めているのか。どうしても作れないというのなら、諦めます。ですが、できることなら、死者に手向ける料理を、あなたに作って欲しいのです」

強引に椅子に座らされ、來夏に向き直らされる。目が合うと、彼女はにこっと微笑んでくれた。

　未来来が子どものころから、ヒットチャート一位を独走し続けていた、平成を代表する歌姫。おそらく三十歳くらいだと思うけれど、そんなふうに笑うと、少女のように無邪気に感じられる。アレクセイの容姿が突き抜けすぎていて気づかなかったけれど、彼女の輝きも明らかに一般人とは違う。愛らしい顔だちに、小柄なのにバランスのよい手足の長い身体つき。特別着飾っているわけでもないのに、グラビアから抜け出してきたかのように、すべてがきらきらと輝いている。

「私の願いはね、音楽プロデューサーの笹原知基（ささはらともき）を立ち直らせたい、っていうことなの。私が死んだ後、彼、毎日お酒ばっかり飲んで、まともに曲が作れなくなってるの。なんとか立ち直らせて、また曲が作れるようになってもらいたいの」

　笹原知基というのは、ヒット曲を多数、世に送り出している著名な作曲家兼、音楽プロデューサーだ。來夏のプロデュースも彼が担当しており、彼女が歌うすべての楽曲を、彼が手がけている。

　來夏が亡くなったのは、笹原が一般女性と結婚し、披露宴をした日の夜。ネットニュースやワイドショーでは、來夏と彼は長年恋愛関係にあり、彼の結婚を苦にして自殺したと連日のように報道されている。

　幼いころに両親の不和を経験している未来来には、來夏の望みはとても汚らわしいものに感じられた。

「彼の作った歌、聴いたことある？」

來夏に訊ねられ、未来来は戸惑いながらも頷いた。

「ありますけど……」

未来来の母は、來夏の大ファンだった。機嫌がいいときはいつも、來夏の歌を歌っていた。そのことを告げると、來夏は複雑な顔で笑う。

「きみくらいの年齢だと、お母さんが私のファンだったりするのね……。未来くんのお母さん、いくつ？」

「確か……今年、三十三です」

「三十三？　私と三つしか違わないのかー……。私にも未来くんくらいの年齢の子どもがいてもおかしくないいんだね」

「いや、さすがにそれは、普通じゃないと思います……」

『十五で身ごもるなんてはしたない』『きちんと堕ろさないから、こういうことになるんだ』——たらいまわしにされた親戚宅で、いつも聞かされてきた。

十六歳の少女が出産することも、その子どもを育てることも、少なくとも現代日本では、普通のことではないのだと思う。

「知基の曲、どの曲がいちばん好き？」

そう訊ねられ、未来来は戸惑いながらも、思い出してみた。

真っ先に浮かんだのは、母がいちばん好きだった曲だ。アップテンポで爽やかな夏の曲。母と再婚相手と三人で、この曲を聴きながら海に行ったことがある。

『もう大丈夫だよ。次こそ、未来来も私も、ちゃんと幸せになれるよ』

あの日、母はそういって心底楽しそうに笑っていた。今はもう、どこの海に行ったのかすら覚えていないけれど、くり返し聞き続けたその曲だけは、すっかり脳裏に焼きついて離れなくなってしまった。

「ごめんなさい。タイトルがわからなくて」

ぎこちなくくちずさむと、「『Summer Breeze!!』だね。私の四枚目のシングル。あの曲、私も大好きだよ」と來夏は嬉しそうに笑った。

「知基の曲って凄いよね。あの曲なんて十年以上前の曲なのに、そのころまだ小さかった子まで、ちゃんとサビを覚えてる。時代を超えて、みんなの心に残り続けてる。たとえ私が死んだって、彼の作ったメロディは残るの。永遠にね。これからもそうでなくちゃダメなの。もっとたくさんの曲を、彼は残さなくちゃいけないんだよ」

自分なんかのせいで、そのキャリアをダメにして欲しくないのだと彼女はいう。切実なその訴えに、未来来の胸はぎゅっと締めつけられた。

平均寿命の半分にも満たない、來夏の死。

凡人の未来来には、後世に残るようなものを作ることはできないし、未来来が死んでも、きっと世界はなにも変わらない。

だけど令和の春、突然訪れた來夏の死は、たくさんの人たちに確実にひとつの時代の終わりを痛感させた。

平成を代表する歌姫の死。多くの人が涙を流し、インターネットもテレビもラジオも雑誌も新聞も、彼女一色に染まった。

『人の命の価値に違いはない』というけれど、明らかに來夏の死は、未来来の死よりずっと大きく、たくさんの人を哀しみに暮れさせている。

そんな彼女が、自分の死後に望むこと。

それが自分自身に利益のあることではなく、自分以外の女性と結婚した男を救いたい、なんていう望みであることが、未来来にはどうしても理解できそうになかった。

「私ね、ＣＤが売れた最後のアーティストなんだって。私の達成したＣＤシングル売り上げ五百万枚突破の記録、今後、日本では誰も抜くことができないだろうっていわれているの」

それは、未来来も聞いたことがある。無料の動画配信サービスや定額音楽配信サービスが普及した現在、わざわざお金を出してＣＤを買う人は、あまり多くない。今後さらにその傾向は強くなっていくだろうと、來夏の追悼番組でも評論家がいっていた。

「嫌なのよ、そんなの。私はこのままトップに居続けたくなんてない。新しい素敵な音楽がどんどん出てきて、私の売り上げなんか抜いて欲しい。『あぁ、これはストリーミング配信で聴くだけじゃダメだ。CDを買って、手元に残さなくちゃ。ライブに行って、生で聴かなくちゃ』そう思える楽曲が、たくさん出てきて欲しい――そのためにも、知基にはもっと頑張ってもらわなくちゃダメなの。私と一緒に、終わったらダメなんだよ」

真剣な声音で訴えられ、未来来は面食らった。

せっかく打ち立てた『日本一』の記録。自分だったら、絶対に誰にも抜いて欲しくなんかない。おまけに、知基は彼女の恋人だったと噂されている男だ。恋人が自分の死後、他の人の曲を作るなんて、嫌じゃないのだろうか。自分と一緒に消えてしまえばいいって、思わないのだろうか。

「他の人が笹原さんの曲を歌うの、嫌じゃないんですか」

未来来の問いに、來夏はにっこりと微笑んでみせた。

「嫌じゃないよ。むしろ、大歓迎。誰でもいい。誰か私を抜いて欲しい。私の声以上に夢中になれる声に出会って、知基にはガンガンいい曲を作ってもらいたい。だって彼、まだ四十一歳なんだよ？　これからが本番ってときに、つまずいて欲しくないんだよ。これで引退なんかされたら、私、本当に浮かばれない」

「だから、十王の招集に背いているんですか」

未来来には死後のことはよくわからない。けれども招集に背いてまで現世に留まれば、そのぶん、心証が悪くなってしまうのではないだろうか。即、地獄行きとはいわないまでも、なんらかのマイナス査定を喰らってしまいそうだ。

「知基を立ち直らせるためなら、私は地獄行きになったって構わない。それで知基がまた曲を作れるようになるなら、本望だよ」

迷いのない、まっすぐな瞳。そんなふうに言い切れる來夏を、未来来は羨ましいと思った。

不倫の恋なんて、正直、理解したくもないし、最低だと思う。それでも彼女の想いは、なぜだかわからないけれど、打算のないひたむきさを感じるのだ。

「なにを作ればいいんですか……？」

「引き受けてくれるんですか」

來夏ではなく、彼女の隣に座るアレクセイが身を乗り出してくる。

「とりあえず、なにを作って欲しいのか、確認するだけです」

ぎこちなく答えた未来来に、來夏はにっこりと微笑んでみせる。

誰かに似ている。そう感じた來夏の笑顔が、母の笑顔に似ているのだと、未来来は今さらのように気づいた。

『ライカの新しい髪型、真似っこしちゃった』

『見てみて、このワンピ、ライカが着てたのと似てない？』

母の姿を思い出し、ぎゅっと胸が苦しくなる。

自分を捨てた酷い母親。嫌いなところだけを思い出して、『捨てられてよかった。大叔父に育ててもらえてよかった』って思っていたいのに。

時折、不意にこんなふうに母の笑顔を思い出してしまい、無性に苦しい気持ちになる。

ぎゅ、と唇を噛みしめた未来来に、來夏は「花見弁当を作って欲しいの」と答えた。

「花見弁当？」

「私ね、母子家庭で育ったんだけど、母親は絵に描いたような毒親でね、家に平気で男を連れ込むし、『食事代』って書き置きして千円札一枚置いて、何日も帰ってこないことも多い、最低な母親だったの。そんな親に育てられたから、お花見なんて一度もしたことなかったし、手作りのお弁当も、一度も食べたことがなかった」

來夏にとって唯一の花見の記憶は、デビュー前、知基と行ったときのもの。その一度きりの花見で見た桜を、もう一度、花見弁当を食べながら眺めたいのだという。

「知基はちゃんとしたおうちで育った人だし、きっと花見なんていっぱいしてるから、私との花見なんか、全然覚えてないかもしれないけどね。でも、私にとってあの花見は、それまで生きてきたなかで、いちばん楽しくて幸せな時間だったの」

自らの楽曲を世に送り出したいと切望していた駆け出しの作曲家と、歌手を夢見る家出少女。母の再婚相手による虐待に耐えかね、家を飛び出して夜の町をさまよっていた來夏を自室に匿い、彼は誰にも邪魔されずにぐっすり眠ることのできる環境を与え、バランスの取れた食事を摂ることの大切さを教えてくれたのだという。

「私、学校の給食以外、菓子パンやコンビニ弁当しか食べたことがなかったからね。一日三食、あたたかいごはんが食べられて、誰にも嫌なことをされずに日々過ごせるなんて……どれだけ感謝してもしきれなかったよ」

未成年の家出少女を家に匿うことがいいことなのかどうか、未来来にはわからないけれど、おそらく笹原に出会うまで、來夏には未来来にとっての大叔父のような救世主は、一人も存在しなかったのだろう。

「笹原さんに、恩を感じてるってことですか」

「言葉ではいい尽くせないくらい感じてるよ。あの人が手を差し伸べてくれなかったら、私なんか今ごろ、よくて風俗嬢やキャバ嬢、運が悪ければ薬漬けにされて海外に売られたり、犯罪に巻き込まれて殺されちゃったりしてたと思う」

妻帯者に対する恋情なんか絶対に理解できないけれど、來夏が笹原に抱く感謝の気持ちは、未来来にも理解できそうな気がした。

「そのとき食べた花見弁当を、再現すればいいんですね」

「作ってくれるの？」

嬉しそうに瞳を輝かせる來夏に、未来来はこくんと頷いてみせた。

「どこまでできるかわからないけど……できるかぎり頑張ってみます。ちなみにその花見弁当は、笹原さんの手作りですか」

「ううん、知基の住んでいたアパートの近くにね、居酒屋さんがあって。そのお店の店長の手作り弁当なの」

丸福（まるふく）というその居酒屋は数年前に店を畳んでしまい、もうその弁当を買うことはできないのだそうだ。「そっくりでなくてもいいから、同じような和風の花見弁当を作って欲しい」と頼まれ、未来来は弁当のなかに入っていたものを教えてもらい、必要な材料をスマホのメモアプリに入力した。

「アレクセイさん、ここの厨房にどんな調味料や食材のストックがあるか、見せてもらってもいいですか？」

「どうぞ。この列車の厨房は元々、あなたのものなのですから。好きなだけ見てくださ い」

アレクセイの謎の言葉を怪訝（けげん）に思いつつも、未来来は食堂車内に設（しつら）えられた厨房に向かった。

電熱式コンロとシンクの並ぶ横長の厨房。決して広くはないけれど、一人で作業するには充分だ。業務用の大型冷蔵庫にはほとんどなにも残されておらず、ドレッシングやジャムなどがわずかに入っているだけだった。

「食材は、おれが買ってくればいいんですか」

「私も一緒に行きます。笹原氏を迎えに行かなければなりませんし」

來夏がこの列車で過ごせるのは、夜明けまで。のんびりしている時間はないようだ。

「ねえ、アレクセイ。私は外に出られないんだよね？」

「ええ。死者であるあなたを、この列車から出すわけにはいきません」

閻魔王の審理を翌日に控えた來夏。彼女を逃すことなくこの列車内にしっかりと留めておくことも、死神であるアレクセイにとって重要な仕事のようだ。

「來夏さんを一人にして大丈夫なんですか」

「有能な私のしもべが、彼女を見ていてくれます。シロノ、クロノ、こちらにいらっしゃい」

アレクセイが中空に手を差し出すと、食堂車の扉をすり抜けて、しなやかな体つきの白猫と黒猫が飛び込んできた。音もなく着地すると、猫はむくりと大きな塊になる。

「うわっ……！」

謎の塊は未来来の目の前で、ヒト型へと変化した。鉄道会社の制服と思しきチャコールグレーのブレザーをまとい、制帽を被った十二、三歳くらいの子ども。男の子だろうか、女の子だろうか。どちらも天使のように愛らしい顔だちをしており、制帽からにょきりと猫耳が生え、半ズボンの尻の部分からしっぽらしきものが生えている。
何度も目をこすり、二人の姿を観察してみたけれど、耳もしっぽも作り物には見えなかった。

「猫が、人間に……⁉」

呆気にとられる未来来に、アレクセイは二人を紹介してくれた。

「この子はクロノ、この列車の運転手です」

「クロノです。よろしくお願いしますっ」

にこやかな笑顔で元気いっぱい挨拶すると、艶やかな黒髪で黒い猫耳を生やした子がぺこりと頭を下げる。ふっくらとした頬が薄桃に染まり、黒目の大きなぱっちりとした目が印象的な、とても可愛らしい子だ。

「この子はシロノ、この列車の車掌です」

さらさらした白銀色の髪と真っ白な猫耳を持つ子は、面倒くさそうに未来来を一瞥(いちべつ)すると、ぷいっと顔を背けてしまった。黒髪の子とは対照的に、ツンと澄ましていて、愛想の欠片(かけら)もない。人間離れしたその美貌は、どこかアレクセイに似ているように感じられた。

「では行きますよ、未来」

笑顔で手を振るクロノと、こちらを見ようともしないシロノ。二人の猫耳っ子と來夏を残し、アレクセイは地上へと続く階段を上ってゆく。

「あの子たちは……いったい……」

アレクセイを追いかけ、おそるおそる訊ねた未来に、彼はなんでもないことのように答えた。

「私の眷属(けんぞく)ですよ。まだ若いですが、とても有能な子猫です」

「けんぞく……神さまの遣いってことですか？」

「ええ。たいていの死神は、専用の従者、眷属を従えているのです。猫が多いですが、なかにはカラスを使役している者もいます」

「あの子たちは、女の子……ですか？」

　愛らしい顔だちをした猫たちは、二人とも性差を感じさせないほっそりした身体つきをしていて、少年なのか少女なのかわからない雰囲気だった。

「まだどちらでもありませんよ。天界の獣は思春期になると、本人の希望する性の『形』に成長してゆくのです」

「大人になるまで、性別がないんですか……？」

「こちらの世界にもいるでしょう。環境や成長の過程で性別が決まる生き物。魚類や甲殻類に多いと聞いたことがあります」

　魚の性別が変わるのはまだなんとなく理解できるけれど、猫の性別が変わるなんて聞いたことがない。おまけに人間そっくりな子どもの性別が未定型なんて。いったいどういう状態なのだろう。というか、そもそも猫が人間の形になること自体、とてもではないけれど、現実の世界のこととは思えそうになかった。

ほっぺたをつねろうとした未来来の腕を、アレクセイが素早く摑む。

「何度いえばわかるのです。あなたのその魂は、あなただけのものではないのです。むやみに傷つけるのはおやめなさい」

「おれだけのものでなければ、いったい誰のものなんですか？」

未来来の問いを無視し、アレクセイはきびすを返す。

「遊んでいる暇はありません。死者に残された時間は限られているのです。まずは笹原氏を迎えに行きますよ」

階段を上り切り、アレクセイは地下廃駅の鉄扉に手をかける。扉を開くと、そこには見覚えのない繁華街が広がっていた。

「ここ、どこですか……？」

「道玄坂（どうげんざか）ですね。このビルの地下にあるバーで、笹原氏は酒を飲んでいるようです」

戸惑いながら振り返ると、あるはずの廃駅が跡形もなく消えていた。夕暮れに染まる猥（わい）雑（ざつ）な町と、足早に行き交う人々の姿が視界に飛び込んでくる。

「ねえ、ちょっと見て。あの人、めちゃくちゃかっこよくない？」

「ほんとだ。すっごくかっこいい！」

道ゆく女性たちがアレクセイに目を留め、口々に囁き合っている。

アレクセイはそれらの囁きを完全に無視して、古ぼけた雑居ビルの外階段を下っていった。

慌てて追いかけると、飴色に艶めく木製の扉が現れた。店名もなにも記されておらず、『会員制』というプレートが掲げられているその扉を、アレクセイは躊躇せず開く。

むわりと溢れ出してきた紫煙に、未来来はむせてしまいそうになった。

「この店で笹原氏と待ち合わせをしている者です」

カウンターに立つ男にそう告げると、アレクセイは迷いのない足取りで店の奥に進んでゆく。煙草の煙とアルコールの匂いが充満した薄暗い店の半個室、ＶＩＰルームと思しき場所で、笹原はグラスに注がれた琥珀色の酒を呷っていた。

仕立てのよさそうなジャケットに、ぴったりとした細身のパンツ。無精ひげと乱れた髪がやさぐれた印象を与えるけれど、全体的に品のよさそうな男だ。顔だちも派手さはないものの、整っていて大人の色香を醸し出している。

「笹原知基さんですね？　水瀬來夏さんのご依頼により、あなたをお迎えに上がりました。彼女が待っています。一緒に来ていただけませんか？」

アレクセイの言葉に、笹原は胡散くさそうに目をすがめる。

「なにかの宗教の勧誘か」

ため息交じりに吐き捨てた笹原に、アレクセイは「宗教ではありませんよ」と答えた。

「馬鹿馬鹿しい。なんの真似だか知らないが、あまりしつこいようなら警察を呼ぶぞ」

「あのっ……えっと、來夏さん、あなたと花見をしたがっているんです。あなたと二人で目黒川で花見をしたときのことが、今も忘れられないって。あんなに楽しくて幸せな時間は、今までに過ごしたことがなかったって。もう一度あなたと一緒に丸福の弁当が食べたいっていってるんですよっ……」

未来来の言葉に、笹原が怪訝そうに顔を上げる。

「丸福の弁当？　それ、誰から聞いたんだ？」

「誰って……來夏さんから」

「いつ」

「さっき、寝台特急の食堂車で」

笹原はしばらく未来来を凝視した後、唐突に声を上げて笑い出した。

「幻覚まで見えるようになっちまったか。俺も完全に焼きがまわったな」

「幻覚だと思うのなら、それも結構。來夏さんは、この世を去る前の最期の時間を、あなたと過ごしたがっています。その願いを聞き入れるかどうかは、あなたの自由です。逢いたくないのなら、好きなだけここで飲んだくれていればいい」

くるりときびすを返し、アレクセイは店を出ていこうとする。

「え、ちょ、ちょっと待ってください、アレクセイさん。あのっ……笹原さん、お願いします。信じろっていってても難しいと思うんですけど、本当なんですよ。本当に、來夏さんはあなたと目黒川に行きたがっているんですっ」

未来来がそう叫ぶと、笹原は自嘲気味に口元を歪め、手にしていたグラスを叩きつけるようにテーブルに置いた。

「そこまでいうなら、逢わせろよ。來夏のところに、俺を連れていけ」

挑発的な声で吐き捨てた笹原に、アレクセイは涼やかな声音でいう。

「いいでしょう。逢わせて差しあげます。その前に、まずは買い出しに行きますよ」

アレクセイはおもむろに、未来来と笹原の腕を摑んだ。青白い光が弾け、未来来がまばゆさにぎゅっと目を閉じてふたたび開くと、そこは生鮮食料品の並ぶ、明るい空間だった。

「今のなに……？　アレクセイさんがやったんですか」

この光景には見覚えがある。ここは上野の駅ビル内にあるスーパーだ。

一瞬にして、道玄坂のバーから上野まで移動するなんて。いったいどんな魔法を使ったのだろう。

「死神なのですから、この程度のことはできて当然です。そんなことより、さっさと買い物をして來夏さんのもとへ戻りますよ」

「死神⁉」

ギョッとした顔で、笹原がアレクセイを見る。

「ええ、私は死者を冥土へと連れてゆく、死神です。今夜は水瀬來夏さんの送迎を担当しているのですよ」

なんでもないことのようにいわれ、笹原は怪訝そうな顔で目を瞬(しばたた)かせる。

「さっきの瞬間移動といい、いったいどうなってんだ。俺はどうにかなっちまったのか」

「笹原さん、あの……正直にいうと、おれもまだちょっと受け止めきれていないんですけど……本当に、彼のところにいるんですよ。本物の水瀬來夏さんが」

未来来がそっと耳打ちすると、笹原は胡散くさそうに目をすがめた。

「どうせ、來夏のメイクや服装を真似した、そっくりさんかなにかだろう」

「いいえ、あれはどう見ても本物です。顔も声も全部、來夏さんそのものなんですよ」

「來夏と俺は、十年以上のつき合いなんだ。俺の目がごまかせると思ってるのか」

「実際に会っていただければ、わかると思います。あれはそっくりさんなんかじゃない。本物の……」

「未来、さっきから、なにをコソコソと話しているのですか」

アレクセイに問われ、未来来は慌てて姿勢を正す。

「え、えっと、なんでもないですっ……」

「笹原さん、あなたもぼーっとしていないで、來夏さんが好きな食材を未来に教えてあげてください。お酒もあなたが選ばないと、未成年の未来には選べませんよ」

そんなふうに急かされ、笹原は納得がいかなそうな顔をしながらも、買い物かごを手に、來夏の好きな酒を選び始めた。

「山ほどあるけど、甘やかさずにできるだけなんでも食わせてやってくれ。好き嫌いは身体によくないから」

そう答えた後、笹原は自虐気味に笑う。

「今さら健康に気を遣ったって、どうしようもないのか」

長年にわたって女性たちの憧れであり続けた來夏。美しいスタイルを保つため、大好きな甘いものも必死で我慢していたのだという。

「もし本当に、本物の來夏に逢えるなら、好物、たくさん買っていってやらないとな」

彼はそういって、チョコレートや駄菓子を、かごいっぱいに詰め始める。

「來夏さん、甘いものがお好きなんですか」

「ああ、大好きだよ。洋菓子も和菓子も、甘いものならなんだって好きだ」

「それなら、あんみつを買っていってあげたらどうでしょう。お花見のデザートに、きっとぴったりですよ」

「いいな。確かに花見には、和風の菓子が似合いそうだ」

スーパーでの買い物を終えると、笹原は駅ビル内のあんみつ屋で、持ち帰りのあんみつを購入した。

「お前たちも食べるか？」

笹原に声をかけられ、アレクセイは不思議そうに首を傾げる。

「未来、あんみつとはどのような食べ物のことですか」

「寒天にフルーツや豆、あんこをのせて、蜜をかけたものですよ」

食べたことがないのだろうか。アレクセイは真剣なまなざしでじっとショーケースのなかの持ち帰り用あんみつを見つめている。

「すみません、季節限定の若桃あんみつ、持ち帰りで四つ、追加お願いします」

未来来が猫のぶんも含めて四つ注文すると、笹原は全員ぶんのあんみつ代を支払ってくれた。

「あの、おれたちのぶんは、自分で出します」

アレクセイから材料費を支給されているのに、弁当の食材も、笹原が全部払ってくれた。

「こういうときはありがたく奢られておくのが礼儀なんだよ。お前、まだ未成年だろう」

「すみません……ありがとうございます」

深々と頭を下げた未来来に、笹原はおかしそうに笑う。

「死神だなんて名乗るくせに、随分と律儀なんだな」

「あ、いえ、死神はこっちのアレクセイさんだけで、おれは普通の人間です」

「どっちでもいいよ。で、またさっきみたいに謎の瞬間移動をするのか」

「そうしたいところですが、死神の力は有限なのです。大して遠くありませんし、ここからは徒歩で移動しますよ」

死神といえども、無尽蔵に力を使えるわけではないようだ。

ずば抜けて優れた容姿をしたアレクセイと、著名な音楽プロデューサーの笹原。そこかしこから歓声が上がり、スマホで写真を撮られたり、握手を求められたりしている。

「アレクセイさん、写真なんか撮られて大丈夫なんですか」

死神という存在がどれほど世間に知られているのかわからないが、こんなとてつもない美形が上野の街に現れたなんてことがネットで拡散されれば、大変な騒ぎになってしまうのではないだろうか。

「大丈夫ですよ。私の姿は写真に写りませんし、どうせ記憶からもすぐに消えてしまいます」

なんでもないことのようにいうと、アレクセイは周囲の熱狂を無視して上野駅を出ていく。

さすがに後を追いかけてくる者はいないようだ。上野恩賜公園を抜けて廃駅前にたどり着くころには、周囲には未来来たちしかいなくなっていた。

いつのまにか日が沈み、夕闇に包まれた駅舎にぼんやりと優しい灯りがともっている。駅舎の屋根を覆うように枝を伸ばす満開の桜と相まって、それはとても幻想的に見えた。

翡翠色の鉄扉を開き、階下へと向かう。

「なんだ、ここ……」

笹原は瀟洒なレリーフの施されたドーム型の天井を、呆気にとられた表情で見上げている。

「元私鉄の駅で、今は冥土行きの寝台特急の駅として利用されているみたいです」

未来来が説明すると、笹原は「冥土ねぇ……」と色あせた壁を見渡した。

ガラス扉を抜けて階段を下ると、ホームに停車中の寝台特急大河が視界に飛び込んでくる。誇らしげに流れ星マークをまとい、鮮やかに輝く青い夜行列車。もうこの世には存在しないはずの過去の遺物を前に、笹原はおかしそうに肩を震わせた。

「特急大河、冥土行きか。これに乗れば、俺も冥土に連れていってもらえるのか」

「冥土に行きたいのですか」

アレクセイの問いかけに、笹原はなにも答えない。痛みをこらえるようにぎゅっと唇を嚙みしめ、彼は『冥土 FOR MEIDO』と書かれた方向幕を見上げた。

笹原を食堂車に案内すると、猫たちとトランプをして遊んでいた來夏が駆け寄ってきた。彼女は笹原に飛びつきそうになって、ためらいがちに踏み留まる。

「来てくれてありがと。ごめんね、こんなことになっちゃって」

ぎこちなく微笑む彼女を、笹原は無言で抱きしめる。見てはいけないものを見てしまったような気がして、未来来はとっさに目を背けた。

「これで信じていただけましたか」

アレクセイの言葉に、笹原は「ああ」と短く答える。

「本当に、死んでいるのか」

死者の身体にも体温はあるのだろうか。笹原は怪訝そうな顔で、來夏の頬や腕に触れてはその感触を確かめている。

「死んでるよ、残念ながらね。この身体はアレクセイが特別に用意してくれたの。夜明けまでしか、この形を保てないんだよ」

人は死後、どんな形になるのだろう。ひとだまのように光になるのか、それとも幽霊のように半透明になるのか。自分の身体がなくなってしまうところを想像して、未来来はぞくっと背筋が震えるのを感じた。

酷いいじめに遭うたびに、死にたい、と願った。けれども、そう思うたびに手首のブレスレットが痛み、遠い昔、命を救ってくれた人のことが脳裏をよぎった。

どんな姿をしていたのかさえ、もう覚えていないけれど。手首が痛むたびに『自殺なんて馬鹿なことを考えるんじゃありません』と、その人に叱られている気分になって思い留まることができたのだ。

「そんなに貴重な時間なら、俺なんかより、もっと他に逢うべき相手がいたんじゃないのか?」

笹原の問いかけに、來夏は困ったような顔で笑う。

「そんなの誰もいないよ。知ってるでしょう、知基。私が誰とつき合っても長続きしないの。母親とだって絶縁状態だし。逢いたい人なんか、知基以外、誰もいない。——ごめん、迷惑だった?」

消え入りそうな声で訊ねた來夏に、笹原は静かに首を振ってみせる。

「迷惑なんかじゃない。——俺も、こっちに来たいと思っていたところだ」

笹原が最後まで言い終わる前に、來夏がむいっとその頬をつまみ上げた。

「なにが『こっちに来たいと思っていたところだ』よ。馬鹿じゃないの。知基、結婚したばっかりでしょ。奥さん養って、子ども育てて、もっともっとたくさんいい曲作らなくちゃ、将来生まれてくる子どもに、ひもじい思いをさせることになっちゃうよ」

來夏の言葉に、笹原はなにも答えない。彼の瞳から、ほろりと涙が溢れ出した。

笹原は來夏を抱きしめようとして、踏み留まるようにその手を引っ込める。

彼らがつき合っているという噂は、もしかしたらデマなのだろうか。二人のそのようすは、恋人同士とは、少し違うように見えた。

「行き先は、目黒川ですね。食事の支度が調うまで、寝台車で待たれますか、それともこのまま食堂車で過ごされますか」

アレクセイに問われ、來夏は「弁当を作るの、手伝いたいな」と言い出した。

「來夏さん、料理できるんですか」

「できるわけないだろ」

「酷い。私だって少しは……」

來夏ではなく笹原が、そう即答する。

「作れるようになったのか？」

「なってない……」

しょんぼりと肩を落とす彼女に、笹原は優しく微笑みかけた。

「ちっとも成長してないなぁ、お前は」

「うるさいなぁ」

「すまない。邪魔になってしまうかもしれないけど、俺たちにも手伝わせてくれないか。たぶんこいつ、料理をしてみたいんだと思う。俺が飯を作っていても、不器用なくせにやたらと手伝いたがったから」

笹原に深々と頭を下げられ、未来来は戸惑いながらも頷いた。

「いいですよ。厨房、狭いですけど。それでもよければ」

「やった！」

嬉しそうにはしゃぐ來夏と、そんな來夏を慈しむように目を細める笹原。二人を連れて厨房に向かうと、なぜかアレクセイまでついてきた。

「アレクセイさんも手伝ってくれるんですか」

「私はただ、見ているだけです」

なんだかよくわからないけれど、料理をするところを観察するつもりらしい。

しばらくすると、車内チャイム、ハイケンスのセレナーデのメロディが鳴り響き、アナウンスが流れ始めた。

「本日はご乗車、まことにありがとうございます。この列車は寝台特急大河、冥土行きでございます。まもなく出発いたします。発車の際、揺れますのでお立ちのお客さまはお気をつけください」

愛らしい鈴の音のような声。おそらくはこの列車の車掌、シロノの声だ。あんなにもツンツンしているのに、アナウンスはしっかりていねいな言葉でできるらしい。

ガタンと大きく揺れた後、列車はゆっくりと動き始める。

「北斗星の車両なのに、私鉄の線路を走ってるんですか……？」

未来来の問いに、アレクセイは首を振ってみせる。

「私鉄の線路ではありませんよ。この駅のガラス扉から先は、丸ごと私が作り上げたものなのです。ホームも線路もすべて、既存のものではありません。窓の外を見ていればわかると思いますけれどね」

カタン、カタンと客車が揺れる音。不意に、車体が大きく斜めに傾いだ。ぐっと身体に衝撃が走り、尻もちをついてしまいそうになる。

なんとか体勢を立て直して厨房の窓に目を向けると、見えるのは地下廃駅の壁ではなく、車内の光に照らされてぼうっと浮かび上がる、水中の光景だった。ゆらめく水草に、大きな鯉(こい)。目の前の光景が信じられず、未来来は目を瞬かせる。

「た、大変ですっ……。窓の外に水が……！」

慌てふためく未来来に、アレクセイは落ち着き払った声で答えた。

「大丈夫ですよ。この列車のなかには、絶対に水は入ってきません。よく見てください。この列車は、透明なチューブのなかを走っているのです」

いったいどういう仕組みなのだろう。列車はゆっくりと水中に設えられたチューブのなかを進んでゆく。水上に浮上したかと思うと、今度は空に向かって走り始めた。

窓辺に駆け寄り、窓ガラスに顔をくっつけるようにしてのぞき込むと、眼下に上野の街が広がっている。混み合う駅前の横断歩道。見慣れた駅舎に、月明かりに照らされて淡く光る上野恩賜公園の桜。

「空を……飛んでいるんですか……？」

「飛んでいるわけではありません。線路の上を走っていますよ。中空に伸びる線路の上をね」

アレクセイが指さす方角に目をやると、夜空に向かってまっすぐ伸びる線路があった。光の粒をまとったそれは、天の川のようにきらめいて見える。

「凄い、きれい！」

車窓に駆け寄った來夏が歓声をあげる。彼女の隣に立つ笹原も「この世のものとは思えない、絶景だな」と感嘆のため息を漏らした。

ヒト型になる猫に、水中トンネルを抜け、夜空を走る列車。まともな神経のままでいたら、どうにかなってしまいそうだ。できるだけなにも考えないようにして、未来来は弁当作りに集中することにした。

三人で作業をするには狭い、食堂車の厨房。おまけに未来来が指示を出さなくては、來夏も笹原も手を出しようがない。

未来来は頭のなかで作業工程をざっと組み立て、二人に向き直った。

「丸福さんの弁当、お寿司が入っていたんですよね。まずは三段目のお重に入れる巻き寿司と、いなり寿司に使う酢飯を作りましょう。來夏さん、お米の炊き方、わかりますか」

「任せて！」

自信たっぷりに頷いたものの、來夏は計量カップを使わず、いきなり炊飯釜に米を入れる。そこにざぶざぶと水を注いで米を水没させてしまった。

「おい、來夏。米を炊くときは計量カップを使えって何度も教えただろう」

「え、この内側の目盛りまで入れればいいんじゃないの？」

「ばか。それは水の量を示してるんだ。あぁ、もういいから、いったんざるにあげろ」

濡れてしまった米をざるに上げて手際よく水を切ると、笹原は米を計量し、慣れた手つきで研ぎ始める。そんな笹原を、來夏は尊敬のまなざしで見つめている。二人のようすは、なんだかワケアリのカップルというより、年の離れた兄妹のように見えた。

炊飯器のスイッチを入れたら、こんぶとかつおで濃いめのだしを取り、里芋を下茹でしながら、鉄なべで筑前煮の材料を炒めてゆく。鶏肉、れんこん、ごぼう、にんじん、未来来が材料を加えるたびに、來夏は盛大な歓声をあげた。

「おいしそうな匂い！　凄いね、お店屋さんみたい」

「一応、お店屋さんです……」

控えめに告げた未来来に、來夏は尊敬のまなざしを向ける。

「偉いよねぇ、まだ若いのに、料理人のお仕事をしているなんて」

未来来は学校に行けない罪悪感から、家の仕事を手伝っているだけだ。それなのにそんなふうに褒められると、どうしていいのかわからなくなる。

「おれからしたら、來夏さんや笹原さんのほうが百億倍凄いです。たくさんの人たちに愛される音楽を作れるんだから。料理なんて、作ろうと思えば誰でも作れますし」

「そうかなぁ。少なくとも私の親は作れなかったし、料理が作れる人だって、こんなに手間をかけてていねいに作らないでしょ。私、だしを取るところなんて初めて見たよ。お仕事とはいえ、見ず知らずの私のために、こんなにしてくれるなんて、すっごく嬉しいよ！」

　里芋の面取りや、こんにゃくの下茹で。未来来にとって当たり前のそれらの工程も、來夏にとって、初めて見るものばかりらしい。

「こいつの母親、まったく料理しなかったらしいから。俺も手の込んだものは作れないしな」

　笹原の言葉に、ぎゅ、と胸が苦しくなる。

　未来来の母親も、料理の作れない人だった。目玉焼きさえうまく焼けず、食卓にはいつもスーパーの半額惣菜が並んでいた。

「そういう家庭って、特別なわけじゃないんですね……」

　ずっと、自分だけが不幸なのだと思っていた。だけど、もしかしたら、大叔父に引き取られ、毎日あたたかな食事を与えてもらえていた自分は、幸せなほうだったのかもしれない。

「いい香りー。おだしの匂いって、こんなにいい香りなんだね。色もすっごくきれいでおいしそう。ちょっと飲んでみてもいい？」

「構いませんけど、そのままじゃ、だしの味しかしないですよ。もし飲まれるなら、このだしを使ってお吸い物を作ります。桜の塩漬けを買ってきたんで、桜のお吸い物にしましょう」

「桜のお吸い物？　凄い、そんなのあるんだね！　飲んでみたいな」

來夏は桜の花が大好きなのだそうだ。瓶入りの桜の塩漬けを照明の光にかざし、「桜の塩漬けなんて初めて見たわ。とってもきれい！」と楽しそうにはしゃいでいる。

ふだん大叔父の手伝いをしているけれど、自分の考えた献立で、誰かのために料理を作るのは初めてだ。こんなにも喜んでもらえるなんて、なんだかとても嬉しい。

未来来は今の自分にある知識と技術を駆使し、時折スマホで足りない知識を補いつつ、できるかぎりおいしい花見弁当を作れるよう全力で頑張った。

「わ、すっごく豪華なお弁当になったね！」

桜でんぶに彩られた具だくさんの巻き寿司と、ほんのりピンク色に染まった桜ごはんを詰め、桜の塩漬けを添えたいなり寿司。照りよく仕上げた筑前煮に、菊花かぶらを添えたさわらの幽庵焼き。だしをしっかりきかせた大叔父直伝の甘くないだし巻き卵に、桜塩で食べる、たけのこと海老のはさみ揚げ。様々な料理の詰まったお重を前に、來夏が歓声を上げる。

「凄いな。まだ若いのにこんなに手の込んだ和食を作れるなんて」

來夏と笹原から盛大に褒められ、未来来は照れくさい気持ちになった。

「いえ、大したことは……。ウチは庶民的な店なんで。味は家庭料理みたいなもんですよ」

「それがいいのよ。高そうなお店の懐石料理とか、そういうのより、おうちの人が作ったごはんみたいな料理がいいの。そういうのって、なかなか食べられないじゃない」

來夏はそういって、筑前煮の里芋を手づかみで口のなかに放り込む。

「おい來夏。行儀が悪いぞ」

笹原に叱られ、彼女は「ごめんなさい」といいながらも、もうひとつつまみ上げ、笹原の口に放り込んだ。

「旨(うま)いな……。短時間で作ったのに、しっかり味が染みてる」

「だし巻き卵も、ふわっふわでおいしいー」

「いい加減、つまみ食いはやめろ」

笹原に軽く手を叩かれ、來夏は「だっておいしいんだもん」と頬を膨らませる。

「お席の用意ができていますよ。ダイニングに移動しましょう」

アレクセイに声をかけられ、二人は重箱を持って、いそいそと厨房を出てゆく。

未来来は桜型の麩と桜の塩漬けを添えたお吸い物を持って、彼らの後に続いた。

「わ、凄い！」

いつのまにか照明が落とされ、ダイニングは薄桃色のぼんぼりが放つ淡い光に照らされていた。車内が暗いぶん、ライトアップされた窓の外の夜桜がとても鮮やかに見える。

「目黒川の桜だ！」

嬉しそうに歓声をあげ、來夏が窓辺に駆け寄った。

川沿いに咲き乱れる満開の桜と、ずらりと並んだぼんぼり提灯が川面に作り出す美しい光の帯。上空から見下ろす夜桜の艶やかさに、未来来は思わず言葉を失い、見惚れてしまった。

「こちらの席へどうぞ」

お客さんに対しては、ていねいに接することができるらしい。シロノにエスコートされ、來夏と笹原は夜桜を見渡せる窓際の席に腰を下ろす。

「なにかお飲みになりますか」

シロノに問われ、笹原は「後は俺たちで適当にやるから、下がってくれていいよ」と答えた。

やはりここは、二人きりにしてあげたほうがいいのだろうか。未来来はそう思い、シロノに「厨房に下がろう」と告げた。

シロノはぷいっと顔を背け、未来来のいうことを聞こうとしない。そんなシロノに、アレクセイが声をかけた。

「シロノ、こちらにいらっしゃい。あなたの好きなチョコレートをあげますから」

猫にチョコレートなんて食べさせてもいいのだろうか。シロノはチョコレートが好きなようで、ふらふらとアレクセイについていく。

「アレクセイさんもお花見料理、食べますか。笹原さんがたくさん材料を買ってくれたから、多めに作ったのですが……」

「私たち死神には、食事の必要がないのです」

「でも、さっきウチの店にごはんを食べに来ましたよね」

「あれは、あなたの味を確かめるために食べただけです」

「食べられないわけじゃないんですよね。食べられるなら、食べましょう。『おいしい』っていう感覚は、あるんですよね」

「あなたは、自分の作る料理が『おいしい』という自信があるのですか」

「自信はないけど……おいしく食べてもらえるように頑張ったから……食べて欲しいなって思っただけです」

照れくさくなって口ごもった未来来を、アレクセイは無言で見下ろしている。気のせいだろうか。向けられる視線は、先ほどまでと比べて、幾分険しさが和らいでいるように見えた。

アレクセイの前に大皿を置き、その上に少しずつ様々な料理を並べてゆく。色どりよく並べ、最後に桜の花びらを添えて完成だ。

「あなたは食べないのですか」

「おれも食べていいんですか……？」

「私に一人で食事をさせるつもりですか」

常に他人を拒絶するようなオーラを放っているのに、一人で食事を摂るのは嫌いなのだろうか。アレクセイの言葉を意外に思いつつ、未来来は自分のぶんも用意することにした。

「シロノのぶんも用意します。そういえば、クロノはどこに？」

「クロノは運転中です」

「じゃあ、後で食べられるように取っておきますね」

クロノのぶんを皿に盛りつける未来来を見やり、アレクセイは目を細める。

「そういうところは大河そっくりですね。ふだんの言動はちっとも似ていないのに」

「さっきも気になったんですが……大河って誰ですか」

「本当に、なにも覚えていないのですね。別に誰でもありませんよ。気にする必要はありません」

さらりと流され、未来来はそれ以上、なにも訊ねることができなくなってしまった。

狭い厨房内での食事。アレクセイは自分のグラスにミネラルウォーターを注ぎ、未来来にも注いでくれた。そして手を合わせ「いただきます」と頭を下げる。きれいなその所作につられるように、未来来も手を合わせた。

「やはり、大河そっくりな味です」

また『大河』だ。気になるけれど、きっと聞いても教えてくれないのだろう。

チョコレートを貪り食べていたシロノも近づいてきて、皿に盛られたいなり寿司を手づかみでぱくりと頬張る。こくん、と頷き、シロノも「大河の味だ」と呟いた。

皿の上の料理の匂いをくんくんと嗅ぎ、シロノは「こんなやつ、さっさと殺して大河に戻せばいい」と謎の言葉を吐く。

「そういうわけにはいかないのですよ。十八歳の誕生日を迎える前に絶命すると、二度と死神に戻れなくなってしまうのですから。殺すのは十八歳になってから。それまでは我慢しなくてはいけません」

いったいなんの話をしているのだろう。怪訝に思いつつ、未来来は気になっていたことを訊ねてみた。

「そういえば、どうして寝台特急なんですか」

「なにがですか」

「死者を冥土に運ぶ手段、どうして寝台特急なんだろうって不思議に思ったんです」

「別にすべての死神が寝台特急を使っているわけではないですよ。船や車を使う者もいますし、乗り物を使わず、直接連れていく者もいます。私がこの寝台特急を使っているのは、単に前任者に託されたからです。実際に引き継いでみて、それなりに利点のある手法なのだということがわかりましたけどね」

ナプキンで口元を拭い、アレクセイは「ごちそうさまでした」と手を合わせて頭を下げる。「おそまつさまでした」と返した未来来に、アレクセイはこう続けた。

「人間というのは、多かれ少なかれ現世に未練を抱くものです。ましてや、十王の招集に逆らってまで現世に留まり続けている死者は、なおのこと大きな未練を抱えています。そんなものを抱えたまま冥土に行けば、どんな審判が下されるにしても、すっきりとした気持ちで来世に向かうことなどできません」

アレクセイたち死神は、人の魂を現世から引き剝がすための大鎌を持っており、それをひと振りすれば、瞬時に現世に留まっている死者を冥土に送り届けることができるのだそうだ。

けれどもそうやって刈った魂は、現世への未練を断ち切れず、次の生に向かう気持ちが著しく低下してしまうのだという。

「近年、転生を望まず、極楽や地獄に留まりたがる者が急増しているのです。極楽も地獄も収容できる魂の数には限りがあります。私たち死神には、死者の未練をできるかぎり解消し、次の生に意欲的にさせることが求められているのですよ。『死者の魂をどれだけ浄化できたか』ということを基準に、私たちは十王によって査定されます」

「十王さまから高評価を得るために、寝台特急を使って、手間や時間をかけて、死者を送り届けているってことですか」

「どうしてそんなショックを受けたような顔をしているのですか。まさか、私が慈善事業でこんなことをしているとでも？」

「あ、いえ、そういうわけでは……」

正直にいえば、ちょっとだけそんなふうに思ってしまっていた。鎌をひと振りするだけで済むのに、わざわざこんなことをしてあげるなんて。ツンケンしているように見えて、実は優しい死神なんじゃないかと感じてしまっていたのだ。

「まあ、前任者にはそういう気持ちもあったのかもしれませんけれどね。私は彼ではないので、どういう意図でしていたのかなんて、正確に理解することはできません」

そっけない口調で、アレクセイはそういい放つ。立ち上がろうとする彼を、未来来は引き留めた。

「あんみつ、食べないんですか」

「今、食べる必要があるのですか」

「たぶん、桜を見ながら食べたほうがおいしいです」

ダイニングの窓ほど大きくないけれど、厨房にも申し訳程度に窓がある。夜桜を見ながら食べるあんみつは、きっとおいしいと思う。

未来来はアレクセイとシロノにあんみつを配膳し、あたたかい日本茶を淹れた。

アレクセイはしばらく怪訝そうな顔であんみつを見つめた後、ようやく手を伸ばした。

「これは、どうやって食べるものなのですか」

春季限定の、若桃あんみつ。若桃の載ったトレイと、餡とミカン、求肥ののったトレイ、そして寒天と豆の入ったカップ。それらを机に並べ、食べ方を説明してみせる。

「寒天の入ったカップにトッピングをのせて、別添えの蜜をかけるんです。あと、個人的にはアイスクリームをのせて食べるのがお勧めですよ。若桃入りのあんみつには、さっぱり系のミルクアイスがよく合います」

冷凍庫から出してきたミルクアイスのミニカップ。半分をアレクセイのカップに、もう半分を自分のカップに、シロノのカップに入れた残りの半分は、クロノのために取っておく。

「アイスがちょっと溶けてきたら食べどきです。あんことアイスの組み合わせ、凄くおいしいですよ」

大叔父がいつも、こうやって食べさせてくれたのだ。店で食べるクリームあんみつとは、また違った味わいで、未来来はこの食べ方がとても気に入っている。さらに桜の塩漬けを添えると、塩気が味のアクセントになり、春らしく見た目も華やかになった。

やわらかくなったミルクアイスとあんこ、寒天をスプーンですくい、アレクセイはおそるおそる口に運ぶ。ぱくりと頰張った瞬間、彼のツンとした美貌が、ふわりと花が開くみたいにやわらかくほどけた。白い頰を桜の花びらのように紅潮させ、瞳を輝かせている。

「お口に合いましたか」

未来来が訊ねると、アレクセイは、すっと澄ました顔に戻った。

「まあ、まずくはありません」

そっけない声でいいながらも、スプーンを運ぶ手が止まらないようだ。そのようすに、思わず笑みがこぼれる。

「シロノも、アイスが溶ける前にどうぞ」

勧めてやると、シロノも黙々とあんみつを食べ始めた。しかめっ面をしているけれど、しっぽがぶんぶんと大きく揺れているあたり、きっと彼もあんみつが気に入ったのだろう。

未来来もこの店のあんみつは大好きだし、そのなかでも特に若桃入りは大好物だ。爽やかな甘さとふわりと香る桃の香りに、心から満たされた気分になる。さっくりした食感の若桃をミルクアイスと同時に食べたときの優しい後味は、まさにこの季節だけの至福の喜びだ。

あんみつを食べ終わった後、未来来は來夏たちのようすを見に行った。

立ち入れないような雰囲気になっていたらどうしようかと心配だったけれど、二人は酒の入ったグラスを片手に、最近の音楽事情について熱く語り合っていた。

ワケアリカップルの密会というより、なんだか業界人同士の打ち上げかなにかのようだ。

「そろそろデザートのあんみつをお持ちしましょうか」

話題が一段落するのを待って声をかけると、「お願い！」と來夏が元気いっぱい答えた。

「お弁当、どうでしたか。お口に合いました？」

「すっごくおいしかったよ。どれも最高だったけど、やっぱり煮物がいいね。筑前煮も、たけのこの煮物もふきのとうも、ずっと食べていたい味だったよー。あの世にも持っていきたいなぁ」

來夏の言葉に、ぎゅっと胸が苦しくなる。こうして会話をしていると忘れてしまいそうになるけれど、彼女は夜明けには、この世からいなくなってしまうのだ。

笹原もとても辛い気持ちになったようだ。先ほどまでの熱弁が嘘のように押し黙り、苦しげに唇を噛みしめている。グラスに残った酒を一気に飲み干すと、彼はじっと來夏を見つめた。

「なあ、來夏。どうして自殺なんかしたんだ」

突然発された直球に、未来来は重箱を落としてしまいそうになった。

席を外したほうがよいのはわかるけれど、うまく足が動かない。不自然な体勢で固まる未来来をよそに、來夏はにっこりと明るい笑顔を浮かべてみせた。

「自殺なんて、してないよ。ワイドショーやニュースサイトが騒いでいたみたいだけど、あんなのはデマ。あの日ね、私、すっごく酔っぱらってて……ベランダの柵に引っかかった洗濯物を取ろうとして、身を乗り出しすぎて落ちちゃったんだよ」

「嘘だろ……？」

「ううん、ほんと。だって考えてもみてよ。自殺する理由なんか、なにもないじゃない。知基が作ってくれた新曲のレコーディングが控えていたし、全国ツアーも決まってたんだよ。こんなタイミングで自殺なんて、ありえないでしょ」

笹原の結婚式に出席したその夜の、転落死。憶測を呼び、『二股愛が生んだ悲劇』などと世間を騒がせることになってしまったが、実際には単なる事故だったのだと來夏はいった。

「そう……だったのか……」

掠(かす)れた声でいうと、笹原はテーブルに突っ伏すようにくずおれる。

「そうに決まってるじゃない。まさか知基まで、私が自殺したと思ってたの？」

呆れた顔でいわれ、笹原は両手で顔を覆う。

「馬鹿ねぇ、ありえないわよ。あー、もしかして知基、まだ私があなたに惚(ほ)れてるとでも勘違いしてたの？　やだー。ナルシストすぎっ」

笑い飛ばされ、笹原は耳まで赤くして黙り込む。

「そんなの絶対ないから。知ってるでしょ、私、フレッシュなイケメンにしか興味がないの。最近のお気に入りはねぇ、朝ドラに出てた奥宮遥人くん。かっこいいよねぇ、一回くらい、デートしたかったなぁ」

「悪かったな、くたびれた残念なおっさんで！」

ふて腐れる笹原を見やり、來夏はおかしそうに肩を震わせる。ひとしきり笑い終えると、来夏はシロノに向かって、「笑いすぎてお腹空いちゃった。あんみつちょうだい」とねだった。

「お持ちいたします」

そう答え、シロノは厨房へと去っていく。

「よかったね、知基。勘違いだってわかったから、もうお酒なしで眠れるね」

來夏は優しい笑顔で、笹原にそういった。

満足げにあんみつを平らげ、ひと息ついた彼女たちに、シロノが声をかける。

「それでは、お部屋にご案内します」

「寝室、一人用なんだっけ」

「今からご案内するA寝台個室ロイヤルは、定員二名のお部屋です。補助ベッドを引き出すことで、ダブルベッドとして利用することができますよ」

「ツインの部屋ってないの？」

「ツインの部屋は、ダブルの部屋と比べると少しグレードが落ちてしまいます」

「いいよ、気にしない。ツインの部屋がいいな」

この列車のA寝台個室にはロイヤルと呼ばれる最上級の部屋と、ツインデラックスという部屋の二種類があるようだ。

「かしこまりました。こちらです」

シロノに連れられ、彼女たちは個室に移動してゆく。

「グレードを下げてまでツインの部屋を選ぶなんて。本当に彼女たちは、カップルじゃなかったんですね」

思わずそう呟いた未来来に、アレクセイは静かな声音でいった。

「恋人同士だった時期もあるそうですが、現在の彼らは、固い絆で結ばれたビジネスパートナーですよ」

十三年前、來夏がメジャーデビューする際、所属事務所の社長に命じられ、彼らは恋人関係を解消したのだそうだ。当時は女性アーティストと男性プロデューサーのスキャンダルが多発しており、世間の目も厳しさを増していた。來夏は未成年だったため、特に事務所側からの私生活に対する干渉が大きかったのだという。

　互いの成功のために別れを選び、それ以来、二人はビジネスパートナーとして共闘してきたのだそうだ。

「來夏さん、あんなに笹原さんのこと、大切に想ってるのに……」

「大切だからこそ、身を引くことだってありますよ。そばにいることだけが愛情ではないのです」

　きっぱりと言い切ると、アレクセイは未来来に背を向ける。

「人間というものは、適度な休息と睡眠が必要なのでしょう。こちらに来なさい」

「あ、いえ。まだ片づけが……」

「必要ありません」

「でもっ……」

「いいから、来なさい」

　腕を摑まれ、厨房から引きずり出される。A・B寝台と書かれた扉の先、細い廊下を抜け、『A個室2』のプレートが掲げられた扉の前でアレクセイは立ち止まった。

「この部屋を使ってください。これがカードキーです。トイレとシャワーは室内にあります」

　案内されたのは、列車のなかとは思えないほど高級感溢れる空間だった。

木目を基調とした飴色の壁と、同じくブラウン系で統一された座席兼、寝台。壁一面の大きな窓と、座り心地のよさそうなチェア。壁際にはライティングデスクやモニター画面、車内電話まである。

「凄い、ホテルみたいだ」

オレンジ色の優しい光に照らされた個室内。広々とした寝台に腰かけると、大きな窓から東京の夜景を一望することができた。

食事のあいだは目黒川沿いに停車していたけれど、今はゆっくりと走行しており、眼下のネオンが車窓を流れるさまがとてもきれいだ。

「もう冥土に向かっているんですか」

「いいえ。冥土へは明日の朝、あなたと笹原氏を上野で降ろした後に向かいます。——怖いのですか」

「べ、別に怖くなんか……っ」

不安を見透かされたみたいで、慌てて否定する。

「安心してください。まだあなたを絶命させる気はありませんから」

唐突に物騒な言葉を吐かれ、未来来は戸惑いつつアレクセイを見上げた。

「『まだ』ってことは、そのうち殺すってことですか」

おそるおそる訊ねた未来来に、アレクセイはそっけない口調で答える。

「十八歳の誕生日にあなたを殺し、大河に戻そうと思っています」

「な、なんでそんなこと……っ」

「学校では執拗ないじめに遭い、恋人はおろか心を許せる友人さえ一人もいない。十王の与えた試練とはいえ、そんなみじめな人生を送らされていたら、現世に心残りなど、ひとつもないでしょう」

　そんなふうにいわれ、未来来はどう答えたらいいのか、わからなくなった。

　確かに未来来の人生は、客観的に見たら、とてもみじめなものかもしれない。だけど、だからといって殺されるなんて、嫌だ。

　十八歳の誕生日まで、あと一年しかない。『一年後にあなたを殺します』なんていわれて、納得できるはずがなかった。

「そもそも、大河に戻すって、どういう意味ですか……？　どうしておれが学校でいじめられていたこと、知ってるんですか？」

　困惑する未来来に、アレクセイは背を向ける。

「少し横になったほうがいい。時間的なロスをなくすことができても、私にはあなたの疲労まで取り除く術（すべ）はないのです」

　謎の言葉を残し、アレクセイは去っていった。

「わけわかんないし……」

未来来のことを『殺す』という、得体の知れない自称死神の美形と、夜空を走る寝台特急。こうして一人になると、あまりにも非現実的すぎて、頭が痛くなってくる。

ぐったりと寝台に倒れ込み、未来来はのけぞるようにして車窓を仰ぎ見た。

藍色の空に、星々の瞬きがちりばめられている。

「都心でも星空、意外ときれいなんだなぁ……」

目黒川を離れてまだそんなに時間は経っていないはずだ。けれども大きな窓越しに見る夜空は、ふだん未来来が上野の街で見上げているものより、ずっと美しく見える。

身体を起こし、額をくっつけるようにして眼下の景色をのぞき込んでみる。

時間が遅いせいだろうか。それとも地域的なものだろうか。こうして上空から眺めてみると、まばゆい光の溢れる都内にも、ところどころ黒々とした闇が点在しているのがわかった。

カタン、カタン、と揺れる客車。その揺れの心地よさに、段々とまぶたが重くなってくる。

『そんなみじめな人生を送らされていたら、現世に心残りなど、ひとつもないでしょう』

先刻、アレクセイにいわれた言葉が脳裏をよぎる。

「心残りなんて、別に、ないけど……」

社会のレールから外れたまま、高校にも行けず、大叔父に迷惑をかけ続けている。

人間関係が密な昔ながらの商店街、アメ横。大叔父が商売をしていることもあって、未来来が捨て子であることも、不登校のまま中卒になってしまったことも、街中のみんなが知っている。こんな残念なお荷物を抱えた大叔父を、『可愛そうに』と思っている者も多いだろう。

「おれがいなければ、大叔父だって結婚できたかもしれないし……」

無愛想ではあるものの、精悍（せいかん）で男らしい顔だちをしている大叔父。未来来が彼のもとで暮らすようになったのは、確か、大叔父がまだ四十代前半だったころだ。

「おれのせいで、大叔父を不幸にしてるかも……」

いっそ、消えてしまったほうがいい。そんなふうに思うのに。それでも死ぬのが怖いと思ってしまう自分に、未来来は驚きを感じずにはいられなかった。

「おれ、死ぬの、怖いんだ……?」

窓ガラスにごつんと額をぶつけてみる。

死ぬのが怖いくせに、外の世界に出るのも怖い。

そんなわがまま、許されるはずがないのに。自分はこの先、いったいどうしたらいいのだろう。

高校には行けない。だけど死にたくない。どこにも行けないまま、うずくまっていることしかできない。

「わかんない。わかんないよ……」

笹原の助けを借りて、自分の足で歩む力を身につけたという来夏。彼女が持っていたような特別な能力は、未来来はひとつも持ち合わせていない。それでもいつかは、自分の足で歩けるようにならなくちゃいけないのだ。いつまでも大叔父に甘えているわけにはいかない。

備えつけの浴衣（ゆかた）に着替えて、ごろんと寝転がると、思った以上に寝台車のベッドは寝心地がよかった。

「三十歳で死ぬって、きっと凄く辛いだろうな……」

不幸な子ども時代を乗り越え、やっと手に入れた栄光。それなのに彼女は、三十歳の若さで亡くなってしまった。

テレビやネットで見た、たくさんの人が涙に暮れる光景。

何百万人もの人が嘆き哀しむ彼女の死と違い、きっと自分が死んでも、ほとんど哀しむ人なんかいない。せいぜい大叔父や陽一が、ひと晩哀しんでくれるくらいだ。

「おれ、十八歳の誕生日が来たら、本当に殺されちゃうのかな……」

車窓を流れる景色のように、心のなかの不安や焦りが浮かんでは消えてゆく。

カタン、カタン……。ゆりかごのような揺れに意識が溶け出し、いつのまにか未来来は眠りに落ちてしまった。

車内チャイム、ハイケンスのセレナーデのメロディで目を覚ます。

「おはようございます。寝台特急大河をご利用いただきまして、まことにありがとうございます。本日は四月二日、ただいまの時刻は五時ちょうどです。ロビーカーにて、モーニングコーヒーの用意ができております。ご希望のお客さまは、六号車までお越しください」

目をこすりながら未来来が身体を起こすと、施錠していたはずの扉が開き、シロノが顔を出した。相変わらず、主であるアレクセイ同様、人を寄せつけないツンとした美貌の猫耳っ子だ。

「コーヒーの時間だ。飲みたければ六号車に来い」

用件だけを告げると、きびすを返して去っていってしまう。

普通なら腹が立ちそうなくらいの傍若無人ぶりだけれど、頭からひょっこり生えた耳や半ズボンから伸びるふさふさしっぽの愛くるしさのせいで、なんだかあまり怒る気にはなれなかった。

備えつけの浴衣から調理服に着替え、六号車に向かう。扉を開くと、ふわりと香ばしいコーヒーの匂いに包まれた。

大きな窓に面して並んだソファ席には、北斗七星の描かれたコーヒーカップを手にした來夏と笹原の姿があった。

「おはようございます」

「おはよ。未来くんもここに座りなよ」

勧められるがまま、來夏の隣に腰を下ろす。シロノが運んできてくれたコーヒーは、驚くほどおいしかった。

「これ、シロノが淹れたの？」

ぷいっと顔を背けて答えてくれないシロノに代わって、來夏が教えてくれた。

「アレクセイが淹れてくれたんだよ。すっごくおいしいよね」

「アレクセイさん、料理、作れるんですか」

ロビーカーに入ってきた彼にそう訊ねると、「コーヒーだけですよ」と返ってきた。

これだけおいしくコーヒーを淹れられるのなら、習得する気さえあれば、料理も作れるようになりそうなものだけれど、おそらくその気はないのだろう。

「そろそろ夜が明けますね」

アレクセイの言葉につられるように車窓に視線を向けると、ビルの狭間から見える雲が赤く色づいているのがわかった。まるでカラフルなカクテルみたいに、紺と赤の狭間を彩る、ゆるやかなグラデーション。赤みが空に溶け出し、段々と夜の闇が薄らいでゆく。刻一刻と変化してゆくその色から、未来来は目をそらせなくなった。

「人は死後、十王によって生前の記憶をすべて消されることになります。ですが、私は彼らにも消せない場所に、その方の持つ記憶を、ひとつだけ残しておくことができます。なにか、残したい記憶はありませんか」

アレクセイに問われ、來夏はためらうことなく答える。

「じゃあ、『歌うことが大好き』って気持ちを残して欲しいな」

その想いがあれば、来世でも笹原の曲を歌うことができるかもしれない。來夏はそう考えているようだ。

「構いませんが、すぐに転生できるとは限りませんよ。あなたがふたたびこの世に生まれ落ちるのは、明日かもしれないし、何十年も先かもしれない。死者の行く末は、十王にしかわからないのです」

冥土に向かった後、死者は十王の審理にかけられ、その行き先を決められる。天国や地獄に行くことになれば、しばらく転生は叶わないのだそうだ。

「それでもいいよ。だって、百年先だって、二百年先だって、きっと知基の曲は、色あせない。日本中で愛され続けているから。っていうか、それくらいの名曲作ってくれなくちゃダメだよ、知基。ちゃんと、みんなの記憶に、永遠に残り続ける曲を作ってね」

來夏の言葉に、笹原は瞳を潤ませる。彼は唇を噛みしめ、こくりと深く頷いた。

「ありがとね、最期に知基と過ごせて、凄く嬉しかったよ」

にっこりと微笑む來夏を前に、笹原は痛みをこらえるような顔で拳を握りしめる。

「向こうに行っても、ずっと知基の曲、楽しみにしてるからね」

彼女の声に、ハイケンスのセレナーデが重なる。どういう仕組みなのだろう。シロノの発する声が、車内のスピーカーからも流れ始めた。

「本日はご乗車いただきまして、まことにありがとうございます。寝台特急大河、まもなく上野駅に停車いたします。なお、上野から先、冥土まで停車いたしません。お降りのお客さまは、お忘れ物や心残りのないよう、すみやかにご支度ください」

なにかいいたげな顔をしながらも、笹原は立ち上がる。

「じゃあ、おれも……」

「未来はまだ降りてはいけません。あなたに渡したいものがあります」

アレクセイに引き留められ、笹原だけが降車することになった。來夏も彼を見送るために、昇降口まで出てくる。

「來夏、元気でな」

「私、もう死んでるのに、そんなふうにいうんだね」

笹原の言葉に、來夏はおかしそうに笑った。笹原は無言のまま、ただ來夏を抱きしめる。

來夏は笹原の背に腕をまわし、ぎゅっと縋(すが)りついた。

「ばいばい。知基こそ、元気でね。いっぱい幸せにならなくちゃ、ダメだよ」

長い抱擁の後、來夏は彼にそう告げる。知基は頷くと、なにかを振り切るように列車の外に出た。発車を見送るのが辛いのかもしれない。彼は振り返らず、地上へと続く階段を上ってゆく。

未来来は泣きたい気持ちになって、來夏にこう訊ねた。

「來夏さんが拾おうとした洗濯物って、そんなに大切なものだったんですか」

無数のヒット曲をリリースした來夏。おそらく金には困っていないだろう。危険な思いをしてまで洗濯物を拾い上げる必要があったとは、未来来には思えなかった。

「ああ、あれはね、知基に貰ったTシャツだったの。昔、私が彼の部屋でお世話になっていたときに部屋着として使わせてもらっていたものなのよ。別れてもどうしても捨てられなかったんだけど、いつまでも持っていちゃダメかなぁって思って。ずっとクローゼットの奥に入れっぱなしだったから、黄ばんでて。捨てる前にきれいにしよう、と思って洗濯したんだけどね。そしたら風に飛ばされちゃって……捨てるつもりだったはずなのに『なくなっちゃう』って思うと、どうしても辛くて……」

気丈にも、ずっと笑顔を浮かべ続けていた來夏。その頰を、ほろりと一粒の涙が零れ落ちる。

「來夏さん、今でも笹原さんのこと……」

未来来の呟きをかき消すように、叫び声が響いた。

「來夏！」

笹原の声だ。振り返ると、彼がホームへと続く階段を一段飛ばしで駆け下りてくるのが見えた。息を切らせて駆け寄ってきた彼は、アレクセイに向かって叫ぶ。

「なあ、『追善供養』ってのは、家族以外の人間がしても有用なのか。昔、俺のばあさまが、口癖みたいにいっていたんだ。『残された人間が死者のために冥福を祈れば、その祈りは、死者の処遇を決める際に考慮される』って。『だから、毎日仏壇に手を合わせるんだ』って。あれは、家族以外がしても、ちゃんと考慮されるのか。仏壇がなくても、想いは届くのか」

切羽詰まった声で発された言葉。アレクセイは口元だけで小さく微笑んだ。

「ええ。誰がどこで、どんな方法でしても、有用ですよ。血の繋がりがなくても、戸籍で結ばれていなくても、無神論者でも。どんな人であっても、死者を強く想う気持ちがあれば、その想いは考慮されます」

「俺が、祈るから。誰よりもたくさん祈るから。だからどうか、來夏を天国に行かせてやってくれ。もう一度、生きることができるのなら、できるかぎり愛に溢れた、幸せな家庭に生まれられるよう、してやってくれ。金ならいくらでも払うから、どうか來夏をっ……」

その場にひざまずき、乞うように告げた笹原に、アレクセイはそっけない口調で答えた。

「現世でのお金など、あの世ではなんの役にも立ちません。必要なのは、強く祈る心だけです。祈る者の人数も関係ない。生前、誰かから、深く愛されていた。大切に想われていた。その事実だけが、十王の審理では重視されます」

「誰よりも大切に想ってる！　來夏は俺にとって、かけがえのない女神(ミューズ)だったんだ。俺だけじゃない。あいつの歌声や笑顔に、どれだけたくさんの人間が救われたかわからない。みんなが、來夏を愛していたんだ。心から必要としていたんだ。だから、どうか來夏に、次こそ幸せな人生を……っ」

嗚咽(おえつ)交じりに告げた笹原に、來夏が駆け寄ろうとする。車外に出ようとした彼女を、シロノが素早く引き留めた。小柄なシロノに抱き留められ、來夏は精いっぱい笑顔を作る。

「知基、私、ちゃんと幸せだったよ。あなたのおかげで、すっごく幸せな人生を送ることができたよ」

來夏の声をかき消すように、発車ベルが鳴り響く。運転席のクロノには、彼らのようすが見えないのだろうか。

「もう行かなくてはなりません。未来、あなたも降りなさい」

「え、あの、さっき、アレクセイさん、おれに渡すものがあるって……」

「この駅の扉の鍵です。肌身離さずつけていてください。絶対に外してはダメですよ」

アレクセイはそういって、未来来の首になにかをかける。かけ終えると、彼は未来来の身体を車外に押し出した。

「未来くん、おいしいお弁当を作ってくれて、本当にありがとね。未来くんにもお手紙書いたよ。よかったら読んでね」

來夏から差し出された手紙を、未来来はためらいながら受け取る。

「まもなく発車します。扉が閉まります。危ないですから、黄色い線までお下がりください」

シロノはそういうと、來夏を車内に引き寄せる。

「來夏！」

笹原の呼びかけに答えた來夏の声は、ゆっくりと閉まる扉と発車ベルに遮られ、未来来たちの耳に届くことがなかった。

走り出す青い夜行列車。見えなくなるまで見送って、笹原は立ち上がる。彼の手にも、未来来が受け取ったのと同じ封筒に入った、來夏からの手紙が握られていた。

「來夏さん……とっても素敵な人でしたね」

思わず呟いた未来来に、笹原は瞳を潤ませたまま、微笑んでみせる。

「ああ、最高の女神（ミューズ）だよ。あいつと出会わなかったら、俺はきっと、作曲家になる夢を諦めちまってた。來夏の声に出会って、俺は変わることができたんだ」

彼女の歌声に出会い、彼女のために曲を作りたいと奮起したことで、笹原は夢を摑み、ヒット曲を連発する作曲家になれたのだという。

「あいつはいつも俺を『恩人』だといってくれていたが、本当に救われていたのは、俺のほうなんだ。あいつがいなけりゃ、俺の人生なんて、それこそパッとしない、味気のないものだった。來夏がいてくれたからこそ、俺は……っ」

ぎゅっと拳を握りしめ、笹原はふるふるとその肩を震わせる。

二人のあいだにあった絆。それは、いわゆる『恋愛関係』とは、違うものなのかもしれない。けれども、それがとてつもなく大きく、深い愛情に基づくものだということが、未来来にも痛いほど伝わってきた。

「笹原さん。手紙、読んでから帰りませんか。家まで待てそうにないです」

「そうだな……。ここで読んでいくか」

幼いころ、母を待ち続けた五つ星広場のカラフルな椅子。そこに笹原と並んで腰かけ、未来来は手紙を開く。

『未来くんへ。

花見べんとう、すっごくおいしかった！　本当にありがとね。

未来くんもキラキラネームで苦労してきたって聞いて、他人とは思えなくなっちゃった。

よけいなおせわだったら、ごめんね。私もずっと、ばかにされて、すっごくつらい思いをしてきたの。でもね、知基に出会って、「いい名前だ」っていってもらえたおかげで、つらいの、なおったよ。

未来くんにもそういってくれる人が現れるかもしれないし、そういってもらえても、つらいの、止まらないかもしれない。そうしたらね、変えればいいよ。キラキラネーム、さいばんしょにいえばちゃんと変えてくれるから。だから、そのせいで傷つかないで。

生まれてくる場所はえらべないけど、生きる場所はえらべます。いっしょに生きる、相手もね。ちゃんと自分でえらべるんだよ。

どうか、未来くんのこれからの人生が、しあわせいっぱいでありますように！

心をこめておいしいおべんとうを作ってくれた、やさしいあなたを、心からおうえんしています。

キラキラネームのせんぱい、來夏より』

手紙の文字が、ぐにゃりと歪（ゆが）む。こらえきれず落涙しそうになったそのとき、隣に座る笹原が雄叫びのような声をあげた。

声をあげて泣きじゃくる彼の姿に、未来来はぐっと歯を食いしばり、ポケットからハンカチを取り出してそっと差し出した。

ハンカチを受け取ることもせず、手負いの獣のように唸り声をあげて泣き続けた後、笹原は手のひらで無造作に頬を拭い、ふらりと立ち上がる。

「來夏のためにも、最高にかっこいい曲、作らなくちゃな」

そう呟く彼の瞳は、先刻まで大河が停車していた、空っぽのホームをじっと見つめている。

「楽しみにしてます。おれの母さんも、笹原さんの作った曲の大ファンだったんです。——ぜひ、またあなたの曲を、聴かせてください」

「ああ。楽しみにしていろよ。街中を、俺の作った曲で溢れさせてやる」

ホームに背を向け、彼は地上へと続く階段を上ってゆく。その足取りは、思いのほか確かなものだった。

この世に未練を持つ死者の心残りを解消するために運行されるという、冥土行きの寝台特急。もしかしたら残された生者のためのものでもあるのかもしれない。

來夏から貰った手紙を大切に握りしめ、未来来は笹原の背中を追いかけた。

第二章　熱海の花火とバーベキュー

アレクセイのもとで仕事をするようになって、四か月が経った。

毎日仕事があるわけではないし、夜明けまで寝台特急で過ごしても、廃駅の外に出ると、いつも夕暮れ時に戻っている。

どんなに呼び出されても日常生活に差し支えることはないけれど、死者や遺された人たちと接するのは、思った以上に精神的な負荷のかかる行為だった。

おまけに、アレクセイから貰った報酬を大叔父のために使いたいのに、どうやって稼いだお金なのかうまく説明することができず、学習机の引き出しの奥に五十万を超える大金が隠したままになっている。

「うぅ、どうしたらいいんだろう……」

ぐったりとうなだれ、ため息をついた未来来に、常連客の陽一がカウンター越しにからかうような声をかけてきた。

「どうした。ため息なんかついて。恋わずらいか？」

「ち、違っ……そんなのじゃ……」

「若いっていいなぁ。ほら、彼女と食えよ」

そういって、陽一は買いつけのお土産だという、洋菓子の詰まった紙袋を差し出した。

「彼女なんていないし……っ」

「照れんなよ。お前、ここのところ、夕方になるたびに出かけていくよな。彼女に逢いに行ってるんじゃないのか?」

「違うよ、ちょっと用事があって出かけてるだけで……」

死神の手伝いをしに、廃駅に通っている。そんなこと、いえるはずがなくて、未来来はどう答えていいのかわからず、口ごもってしまった。

陽一はそんな未来来の目の前に、可愛らしいパッケージに入った菓子を並べてゆく。

「ほら、旨そうだろう。期間限定のフレーバーもあるんだ。これ、若い女の子たちに大人気らしいぞ」

チョコレートのかかったクッキーやパイナップルケーキ。どれもおいしそうだけれど、大叔父は洋菓子が苦手だし、陽一のくれる海外土産はいつも量が多く、とてもではないけれど、一人では食べきれない。

『常連のお客さんにお菓子を貰ったのですが、食べますか?』

シェアする相手が思いつかず、アレクセイに菓子の写真を添えてメッセージを送ると、菓子に対するコメントはいっさいなく、『夏みかんあんみつを六つ買ってきてください』と斜め上の返信が来た。

最近では、仕事のない日でも、しょっちゅうアレクセイからあんみつを買ってきて欲しいというメッセージが送られてくる。

そのくせ『あんみつ、そんなに気に入ったんですか？』と質問すると、『別にこんなもの、気に入ってなどいません』とそっけない言葉が返ってくるから謎だ。

『私ではなく、私の子猫たちが好んでいるだけです』と彼はいうけれど、クロノはあんこが苦手だし、シロノはあんこよりチョコレートに夢中だ。あんみつにここまで執着しているのはアレクセイだけのような気がするけれど、気のせいだろうか。

飲酒客の増える夜営業の時間帯は、未成年者の未来来には悪影響だと考えているのかもしれない。大叔父は未来来がどんなに『手伝う』といっても、絶対に手伝わせてくれない。

そのおかげで、夜営業用の仕込みが終わる十七時以降は、未来来にとって自由時間だ。

「ごめん、ちょっと出てくる」

仕込みを終えた未来来がそう告げると、大叔父はちらりと未来来を見やり、「おう」と頷(うなず)いた。その顔は相変わらず表情に乏しく、なにを考えているのかさっぱりわからない。

「彼女によろしくなー」

ひらひらと手を振る陽一に「だから、違うってば。彼女なんていないし！」と反論し、未来来は土産のお礼をていねいに伝えた後、店を飛び出した。

アレクセイからの、あんみつ購入指令。

あんみつの注文数が四つのときは、食堂車の仕事がない日で、六つのときは、仕事があるという合図だ。今夜の注文は六つ。死者が食堂車で待っているのだろう。

駅ビル内のあんみつ屋で夏季限定の夏みかんあんみつを買い、急いで廃駅へと向かう。

夕立のおかげで、少し暑さが和らいだせいだろうか。雨上がりの上野恩賜公園の噴水周辺は、夕涼みをする人たちで賑わっていた。

濃密な緑の匂い。ジイジイと啼く蟬の声。楽しそうにはしゃぐ私服姿の少女たちや親子連れの姿を前に、「そういえばまだ、夏休みなんだっけ」と今さらのように気づく。

地方からたくさんの観光客がやってくる夏休みは、めし処おおはしや陽一の店にとって、貴重な書き入れ時だ。そのため、未来来には楽しい夏の想い出はほとんど存在しない。羨ましいなんて、思ったことはないけれど。それでもこんなふうに夏を満喫している人たちを前にすると、ちょっとだけ寂しい気持ちになった。

園内を足早に過ぎ、廃駅へと続く小路に入ると、すでにオレンジ色の街灯がともっていた。

夕立があったせいだろうか。空が不安になるくらい真っ赤に染まっている。夕日に照らされた荘厳な駅舎。周囲に人がいないことを確認し、未来来は翡翠色の扉にそっと手をかけた。

扉を開けるとき、いつもドキドキする。

アレクセイが未来来にくれた鍵の形をしたペンダント。このペンダントを身につけていなければ扉を開くことはできない、と彼はいっていたけれど、それでも万が一、誰かが未来来の真似をして廃駅内に迷い込んでしまったらと思うと、どうしても心配なのだ。

素早く駅舎内に身体をすべり込ませると、ぼうっと灯りがともった。どういう仕組みなのかいまだにわからないけれど、これもアレクセイの持つ、不思議な力によるものなのだろう。

古めかしい階段を下ってゆくと、すでにホームには流れ星マークの描かれた青い列車が停まっていた。狭い廊下を抜けて食堂車の扉を開くと、やわらかな照明に照らされた室内、アレクセイの隣に、がっちりとした身体つきの見知らぬ男性が立っていた。

二十代後半くらいだろうか。アレクセイと並んでも見劣りしないほどの長身に、凛々しい顔だちをした男前だ。

「あら、あなたがこの食堂車の調理師さん？　イケメンさんじゃなーい」

突然発された野太い嬌声に、未来来は思わず手にしていたあんみつを落としてしまいそうになった。

「え、えっと、はじめまして。この食堂車で調理師をしている、大橋未来（おおはしみらい）です」

めし処おおはしにも、時折オネエのお客さんが来店する。自然な態度で彼らに接している大叔父や陽一を見習わなくては、と思い、未来来は頑張って平静を装った。

「そんなに緊張しなくてもいいわよー。とって食いやしないから。私は星野昴（ほしのすばる）。よろしくね」

にっこり微笑（ほほえ）むと、昴はとても優しい雰囲気になる。雄々しい外見とやわらかな内面のギャップに戸惑いながらも、未来来は必死で笑顔を作った。

「よ、よろしく……お願いします。えっと、このたびはご愁傷さまです……」

死者本人にその言葉を告げるのが正しいのかどうか、未来来にはわからない。けれども、こんなにも若くして亡くなったらさぞかし辛（つら）いだろうと思い、未来来はそう告げずにはいられなかった。

「気遣ってくれてありがとう。優しい子なのね」

「いえ、そんなっ……」

ぎこちなく否定した未来来に、昴は真剣な表情でいった。

「あなたはまだ若いから、必要性がいまいち理解できないかもしれないけど、どんなに忙しくても、健康診断だけはこまめに受けなくちゃダメよ。若いうちのがんは進行が早いの。自覚症状が出るころには、手遅れになっていることも多いのよ」

「昴さんの死因、がんなんですか……？」

「ええ、食道がんよ」

「とてもお元気そうに見えるのに……」

「この身体はね、アリョーシャが用意してくれたの。私がまだ元気だったころの身体よ」

「アリョーシャ？」

「アレクセイのことよ。アリョーシャはアレクセイの愛称。そのほうが可愛いでしょ」

「アリョーシャ……」

「あなたまで愛称で呼ぶ必要はありません」

冷たくいい放たれ、未来来は眉をひそめる。

「どうして、出会ったばかりの昴さんは愛称で呼んでよくて、おれはダメなんですか」

「昴にも許可した覚えはありません。苦手なのですよ、愛称で呼ばれるのは」

ツンと澄ました顔で、アレクセイはいった。

「私の呼び方など、どうでもいいです。そんなことより昴、あなたの希望する献立を未来に教えてあげてください」

「あぁ、そうだったわね。時間がないのよね」

死者がこの列車で過ごせるのは、夜明けまで。旅立ちの時間は、刻一刻と迫っているのだ。

「あのね、未来ちゃん。私、バーベキューがしたいの」

「バーベキュー……?」

「私の願いは、『学生時代に従兄弟から盗んでしまったものを彼に返却して、きちんと謝りたい』っていうことなんだけどね。その従兄弟とはよく家族ぐるみでバーベキューをしていたの。謝罪する前に、もう一度、彼とバーベキューがしたいなぁって思ってるんだけど……難しいかしら」

　昴は子どものころ、親戚同士で集まって行うバーベキューが、なによりも好きだったのだそうだ。

　窃盗。誠実そうな容姿をしているのに。いったいなにを盗んだというのだろう。そのことが気になって成仏できないなんて、よっぽど高価なものなのだろうか。

「盗んだものって、なんですか?」

「これよ」

　昴の大きな手のひらにちょこんとのせられたもの。それは古ぼけて錆びた鍵だった。おそらく自転車の鍵だろう。箱根駅伝のロゴが入ったキーホルダーがつけられている。

「自転車の鍵、ですか?」

「ええ。卒業式の日にね、盗んじゃったの。十四年も前のことだし、今さらこれを返したところで、どうにもならないってことくらいわかってるんだけどね。どうしてもこれを翔ちゃんに返して、きちんと謝罪したいの」

翔ちゃんというのが、昴の従兄弟の愛称のようだ。昴と翔ちゃん、こと武田翔太は同い年で互いの家も近く、二人揃って陸上部員だったため、親友のような存在だったのだという。

「『同じ大学に入って、いつかは一緒に箱根を走ろう』って誓い合っていたんだけどね。私は中学卒業と同時に家を飛び出して夜の世界にどっぷり浸かってしまって。翔ちゃんだけが夢を叶えて、箱根の大舞台に立ったのよ」

彼らの地元である熱海から箱根駅伝で有名な芦ノ湖まで二十キロ。彼らは小学生のころから、自転車で観戦に駆けつけていたのだという。

「自転車で、箱根の山を走っていたんですか？」

「トレーニングの一環よ。こう見えて、そのころは私もバリバリの陸上男子だったの」

中三の夏には、二人で芦ノ湖〜日本橋間を自転車で往復する、逆箱根駅伝ごっこもしたのだという。

「これは、そのときに使った自転車の鍵なんですか」

「そうよ。ホムセンで買った安物のママチャリだけど、地元を駆けまわったり、箱根駅伝ごっこをしたりした、大切な自転車なの」

想い出の自転車の鍵を盗む。いったいどういう心境でしたことなのだろう。

人のものを盗むなんて、許されることじゃない。けれども昴の切実な表情を見ていると、なにか理由があるのでは、と思わずにはいられなかった。

「わかりました。翔太さんとの再会、よいものにできるよう、全力でお手伝いさせていただきます」

そう告げたものの、電車のなかでバーベキューなんて、いったいどうやってしたらいいのだろう。

「陽一さんに相談してみるか」

常連客の陽一と大叔父は、店主と常連客であるのと同時に、釣り仲間でもある。釣れた魚をその場で食すため、陽一は野外調理に凝っている。

陽一のスマホにメッセージを送ると、すぐに折り返しの電話がかかってきた。『いったい誰と使うんだ。やっぱり彼女ができたんだろ』としつこく聞かれてしまったけれど、ごまかしつつ懇願すると、室内でも使える無煙ロースターを貸してもらえることになった。

陽一の店に無煙ロースターを借りに行った後、アレクセイと共に翔太を迎えにゆく。

廃駅の扉を開くと、そこはオフィスビルと思(おぼ)しき建物の一角だった。自販機前の休憩スペースでコーヒーを飲んでいるスーツ姿の男性に、アレクセイはおもむろに声をかける。

「武田翔太さんですね。星野昴さんがお待ちです。一緒に来ていただけませんか」

短く刈り込んだ髪と、日に焼けた肌。いかにも体育会系然とした男性が、アレクセイに訝しげな視線を向ける。

「星野昴は一か月前に亡くなりました。いったい、なんのつもりですか」

「あのっ……えっと、昴さん、どうしてもあなたに伝えたいことがあるって。十四年前の卒業式の日のことで、お話ししたいっていってるんです」

未来来がそうつけ加えると、翔太のまなざしがさらに怪訝なものに変わった。

「昴が、そういっていたのか」

「はい。ついさっき、そういっていました。昴さん、そのことが気がかりで、あの世に行けずにいるんです」

「大人をからかって、なにが楽しい。金か。金が欲しいのか？」

「信じられない気持ちはわかります。だけど、もう時間がないんです。今夜いっぱいしか、昴さんはこの世にいられないんですよ」

翔太のまなざしには、まだ不審の色が浮かんでいる。無理もないだろう。死者が会いたがっているなんていわれて、簡単に信じるはずがない。

「お願いします！　物凄く会いたがってるんです。ひと目でいい。会っていただけませんか」

深々と頭を下げた未来来の頭上に、ため息交じりの声が降ってくる。

「仕事がまだ残ってるんだ。少し待ってろ。抜けられるように調整してくる」

数分後、翔太はブリーフケースを手に戻ってきた。

「では、行きましょうか」

アレクセイが未来来と翔太に触れると、青い光が弾け飛ぶ。ぎゅっと目を閉じ、ゆっくりと開くと、そこは、買い出し場所として定番になりつつある、上野の駅ビルにあるスーパーだった。

「今の、なん、だ……?」

驚きに目を見開く翔太に、アレクセイはそっけない口調で答える。

「ご多忙なようでしたので、移動時間を短縮させていただきました」

こうしているあいだにも、昴に残された時間は着実に減ってゆく。

昴に託された買い物メモに書かれた商品を手早くかごに詰め込むと、アレクセイが、彼愛用の漆黒のクレジットカードで支払いを済ませてくれた。

死神の彼には、戸籍や住民票なんてものは存在しないはずだ。それなのに、彼はクレジットカードを持っているし、仕事のたびに未来来に給金を支払ってくれる。

そのお金がどこから出ているのか、とても気になるけれど、アレクセイに尋ねても『そんなこと、あなたが気にする必要はありません』とまともに取り合ってもらえない。

未来来の人件費や食材など、すべての経費は十王が負担してくれることになっているようだけれど、十王がそのお金をどこから手に入れているのか、謎に包まれたままだ。

食堂車に戻ると、昴は翔太を見るなり、大きく目を見開いた。叫び声を上げそうになって、慌てて我慢したのだろう。むぐっと両手で口を押さえ、未来来たちに背を向ける。

しばらくしてから、昴はゆっくりと振り返った。

「久しぶり……」

ぎこちなく呟いた昴の姿に、今度は翔太が目を見開く。何度も瞬きし、彼は目をこすって昴を凝視した。

「本物の昴、なのか……？」

「偽物なわけ、ないじゃ……ん」

先刻、昴は未来来に、『翔ちゃんには私がオネエなこと、内緒にしてね』といっていた。

今も必死で、オネエ言葉を我慢しているようだ。

「翔ちゃん。背、伸びたね」

「お前もな。ずりぃな。俺より高くなってないか」

「百八十六センチ。翔ちゃんは？」

「マジか。四センチも負けた。中学ンときは、俺のほうが高かったのにな」

悔しそうに唸(うな)る翔太に、「もう死んじゃったから、どんなに背が高くても意味がないけどね」と昴は自虐的な言葉を吐く。

「本当に、死んじまったのか」

「本当だよ。葬儀、来てくれただろ、部員みんなで。凄く嬉(うれ)しかったよ」

長身で、男らしい外見をした昴。男言葉のほうが似合うはずなのに、違和を感じてしまうのはなぜだろう。昴が無理をしているみたいで、未来来はなんだか見ていて辛(つら)い気持ちになった。

「花火?」

「花火の開始時間まで、まだ少しあります。なにかお飲みになりますか?」

押し黙ってしまった二人を、シロノが窓際の席にエスコートした。

シロノの言葉に、翔太は怪訝な顔をする。

「熱海の花火。あの世に行く前にもう一度、見たいなーって思ったんだけど。ダメ?」

「別に、ダメじゃないけど……」

「女性陣なしで花火なんて味気ないけどね。今日だけは我慢してよ」

茶化すようにいう昴に、翔太はなぜだかわからないけれど、少し苦しそうな顔をした。

「飲み物取ってくるよ。翔ちゃん、今も麦茶ひと筋?」

「いや……今はなんでも飲むよ。陸上、引退したんだ」

「知ってる。残念だったね。実業団、廃部になっちゃったんだろ？」

「知ってたのか」

「え、あ、うん。葬儀の席で、誰かが話してるのを聞いたから」

取り繕うようにいうと、昴は椅子から立ち上がる。

「昴さん、飲み物なら、おれたちが用意しますよ」

「いいんだ。料理の準備もしたいし」

未来来の制止を無視し、昴は立ち上がって厨房に行ってしまう。

「料理の準備こそ、おれがやりますから。昴さんは向こうでゆっくりしていてください」

未来来がそう声をかけると、昴はぎこちなく微笑んだ。

「少し、心の準備をしたいの。謝らなくちゃいけないって頭ではわかってるのに。いざ謝ろうとすると、どうしても震えが止まらなくなっちゃって……」

ポケットから鍵を取り出して両手でぎゅっと包み込むと、昴は祈るような表情で目を閉じる。

「わかりました。でも……時間は止められないんです。心の準備ができたら、ちゃんと向こうに戻ってくださいね」

「わかってるわ。心を落ち着かせるためにも、まずはバーベキューの準備ね。ああ、その前に、未来ちゃん、やっぱりあなたが翔ちゃんにお飲み物を出してきてちょうだい」

「おれが行くんですか」

「お願い。落ち着くまで、翔ちゃんと顔を合わせたくないの」

悲痛な顔でいわれ、未来来は彼の言葉に従うことにした。


翔太に飲み物を届けて厨房に戻ると、昴はさっそく調理に取りかかっていた。

ねぎや生姜(しょうが)、にんにくをみじん切りにし、調味料を加えた漬け汁でそれぞれの肉を漬け込んだり、塩コショウで下味をつけたりしてゆく。昴の手際のよさは、調理の仕事をしている未来来から見ても完ぺきだった。

「下ごしらえはこれで終わり。さあ、副菜やサラダを作るわよ」

アボカドとタコのわさび醤油(じょうゆ)あえや、バラのように美しく巻いた生ハムとモッツァレラ、ミニトマトのピンチョス、レタスのアンチョビサラダなど、昴は手軽に食べられる副菜を次々こしらえてゆく。そのどれもが、未来来には思いつかなさそうな、おしゃれなものばかりだ。

「凄いですね！　昴さん、料理のお仕事をされていたんですか？」

「働いていたゲイバーがね、フードメニューの充実しているお店だったの。料理は元々大好きだったし、オネエなことでマイナス五百億点くらい喰(く)らってるんだから。なにか特技がないと、ダメじゃない？」

「マイナス五百億点……?」

「男でも女でもない、気持ち悪い生き物だもの。ひとつくらい取り柄がなくちゃ」

にっこり微笑む昴に、未来来は首を傾げた。

「気持ち悪いって、誰がいったんですか」

「誰って……未来ちゃんだって、そう思ってるでしょ」

「おれは、そんなふうに思ってません」

正直にいえば、初対面のときはあまりの外見と内面のギャップにびっくりしてしまった。けれども、実際に接してみると、昴はとても明るくて感じのいい人なのだ。年下の未来来に対しても決して高圧的な態度を取らず、同じ目線に立って優しく接してくれる。

「気を遣ってくれてありがと。やっぱりあなたは優しい子なのね。でもね、こういうのは理屈じゃないの。『生理的に受けつけない』っていう人が、たくさんいるのよ」

「面と向かって、そんなふうにいわれたことがあるんですか?」

「小学生のころは、しょっちゅういわれていたわ。あのころはまだ、素の自分をうまく隠すことができなくて『女々しい』『気持ち悪い』って、よくいじめられていたの。そのたびに翔ちゃんが助けてくれて……でも、そうすると彼まで同類だと思われちゃうのよ。『オカマの味方をするなんて、お前もホモなんだろ』って……」

自分が蔑まれるのは我慢できる。けれども、助けてくれた翔太まで同じように侮辱されるのは、たまらなく辛かったのだという。

「だから、頑張って男らしくなろうと思ってね。ほら、子どものころって運動ができると、それだけで一目置かれるじゃない？　翔ちゃんに特訓してもらって、徒競走やマラソン大会で上位になって、水泳や跳び箱も誰より得意になって……球技はどうしても苦手だったけど、個人種目はパーフェクトにこなせるようになったの」

　言葉遣いや外見も男らしくすることによって、気づけば誰からもいじめられなくなっていたのだそうだ。

「凄い……おれもいじめられていたけど……そんなふうに前向きには、思えなかったです」

　自分がいじめられるのは、名前が変わっていて、親がいないせいだ。だから、努力したっていじめはやまない。そう思い、未来来はすべてを諦めてしまっていた。

「私も一人だったら、無理だったわ。翔ちゃんがいたから、頑張れたの」

どんなに周囲にからかわれても、翔太は絶対に昴を見捨てなかった。だからこそ昴も、諦めずに頑張ることができたのだという。

「翔太さん、めちゃくちゃいい人ですね！」

「そうよ。そこまでされて、惚れるなっていうほうが無理よね」

「翔太さんのこと……好き、なんですか？」

「絶対にいわないでね。いくら従兄弟想いな翔ちゃんだって、自分がそういう目で見られてたって知ったら、気持ち悪くて耐えられないと思うから」

「そんなこと……」

「自分のこととして考えてみて。たとえば未来来ちゃん、私に迫られたらどうする？『好きになっちゃったの。彼氏になって！』っていわれて、普通にしていられる？」

そんなふうにいわれ、未来来はどう答えていいのかわからなくなってしまった。

性的少数者を差別してはいけない。そう思うから、偏見は持たないようにしている。だけど実際に同性から交際を求められたら、それまでと同じように接することはできないかもしれない。

「未来来ちゃん、私と一緒に、お風呂入れる？」

「え、えっと……」

「じろじろ裸を見られたり、いやらしい妄想をされたりするかもしれない。そう思うと、耐えられないでしょう？」

「ご、ごめんなさい……」

昴のことは、いい人だと思う。だけど、そういうことではないのだ。理屈ではない。

傷つけないようにしなくちゃ。入れますっていわなくちゃ。そう思うのに、どうしても嘘をつくことができなかった。

「未来ちゃんはなにも悪くないわ。それが普通なの。だからね、お願い。私が翔ちゃんを好きだったってこと、絶対にいわないで。翔ちゃんにだけは、気持ち悪いと思われたくないの。鍵のことも黙っていて」

切実な声で訴えられ、未来来は戸惑いながらも、こくんと頷いた。

大好きだった人に、想いを伝えることさえできない。

自分のことを、マイナス五百億点なんて思わなくちゃいられない。

いったい昴は今まで、どれだけ辛い思いをしてきたのだろう。

「馬鹿ねぇ、どうして未来ちゃんが泣くの？」

「な、泣いてませんっ……」

「泣く寸前みたいな顔してるじゃない」

「だって昴さんの人生、辛いことばっかだったのかなぁって思うと、苦しくて……」

「ちっとも辛くなかったわよ。確かに学生時代は苦しかったけど、家を出てからはパラダイスだったもの。こう見えて私、ゲイバーでは超売れっ子だったし、全部さらけ出してつき合える、最高の友だちがたくさんいたの」

「じゃあ、どうして……」

「だからこそ、よ。私にとって辛かったのは、中学卒業まで。それ以降の人生には、なんの悔いもないの。もちろん、もっと長く生きられたらよかったのにって思わないわけじゃないけどね。それでも、あの町であのまま自分を押し殺して長生きするより、短くても自由に生きられて最高だった、って思っているわ」

だからこそ余計に、中学時代に未練が残ってしまったのだという。

「じゃあ、やっぱり鍵のこと、ちゃんと打ち明けないと」

「打ち明けるにしても、別れ際まで黙っていたいの。鍵のことを明かしたら、私の気持ちもバレちゃうと思うから。だからね、お願い。それまでは普通の男のふりをさせてちょうだい」

普通。普通っていったいなんだろう。そう思いながらも、未来来は切々と訴える昴に、なにもいうことができなくなってしまった。

しばらくすると、翔太が厨房に顔を出した。オネエ言葉を使っていた昴が、慌てて口を閉ざす。

「翔ちゃん！　何しに来たんだ？　向こうで待ってろっていったのに」

「手伝えることがあれば、手伝いたいなーと思って」

「翔ちゃん、料理できるようになったのか？」

「いや、全然」

きっぱりと言い切る翔太に呆れつつ、昴は彼に副菜や皿を食卓に運んでくれるよう頼んだ。

「未来くん、無煙ロースターの準備、よろしく」

「あ、はいっ」

『未来ちゃん』と呼んでくれる昴の優しい声が好きだ。きりっとした声で『未来くん』なんていわれると、なんだかちょっと調子が狂ってしまう。

戸惑いながらも、食器を手にダイニングへと向かう。すると、照明はすべて消され、それぞれのテーブルにランタンが置かれていた。オレンジ色のやわらかな光に照らされ、車内はとても幻想的な雰囲気だ。

「これ、アレクセイさんがやったんですか……?」

「翔太さんのアイデアですよ。車外に出ることのできない昴に、少しでも屋外にいる気分を味わわせてあげたいのだそうです。窓ガラスもなくしておきました。これなら、車内に匂いがこもるのを防げますし、夜風に吹かれることもできますよ。いっそのこと開放式展望車にしてしまおうかとも思いましたが、窓ガラスがないだけで、充分開放感を味わえるでしょう?」

いつのまにか列車は停車していた。汐(しお)の香に誘われるように窓の外に目を向けると、そこには深い闇をたたえた夜の海が広がっている。

ダイニングの変化に驚き、オネエ言葉を発してしまいそうになったのだろうか。厨房に出てきた昴は、口元を押さえ、不自然に咳き込み始めた。

「じゃあ、おれ、肉焼きますね」

無煙ロースターで肉を焼こうとした未来来から、昴はトングを奪い取る。

「未来くんは座って。アリョーシャもシロノも、みんなで食べなよ。オレが焼くから」

「や、そういうわけには……」

「いいからいいから、ほら、座るの」

強引に肩を押され、戸惑いながらも席につく。

全員が着席すると、昴は厨房からあるものを取ってきた。

「これ、さっき冷凍させていたやつですか？」

「そう。時間が短かったから、あまり凍らなかったけど、グラスはキンキンに冷えてるよ」

透明なグラスに半分にカットしたシャインマスカットと巨峰をたっぷり入れ、冷凍庫で冷やしたもの。きれいな黄緑と黒紫のコントラストが鮮やかなそのグラスに、昴は炭酸飲料を注ぎ、レモンを搾ってミントの葉を添えた。

買い物リストにフルーツや炭酸飲料が並んでいたのは、このためだったようだ。

「おいしい！　すっごく爽やかですね。お肉に合いそう」

「だろ。このお手軽フルーツポンチが、我が家のバーベキューの定番だったんだ」

熱されたロースターの上に、昴は手早く牛たんを並べてゆく。じゅっと小気味よい音がして、香ばしい匂いが立ちのぼった。おいしそうなその匂いに、ぎゅるると未来来の腹が鳴る。

「ほら、もう焼けたよ。食べな」

全員が一枚ずつ食べられるよう、昴は人数分の肉を焼いてくれたようだ。

「アリョーシャも食べなよ」

「いえ。私は人間の食べ物は好みませんので」

「あんみつはやたらと食べたがるくせに？」

未来来のツッコミに、アレクセイは「気のせいです」と即答する。

「おいしいですよ、牛たん。昴さんが作ってくれたねぎダレがさっぱりしていて、牛たんとすっごく合うんです」

どんなに勧めても、アレクセイは肉を食べようとしなかった。

「翔ちゃん、もう一枚、食べなよ。焦げる」

「おう」

翔太がアレクセイの分に手を伸ばす横で、シロノがおそるおそる牛たんにかぶりつく。もぐもぐと咀嚼（そしゃく）すると、へにゃんと耳が下がり、しっぽがふるふる震えた。

「おいしい？」

未来来がそう訊ねると、シロノはツンとした顔でそっぽを向いてしまった。にこりともしないけれど、ぶんぶんしっぽを振っているから、きっと気に入ったのだろう。

牛たんを焼き終えると、昴は肩ロースを焼き始める。こちらはおろし玉ねぎとにんにく醤油をベースに、ケイパーをきかせた彼お手製のタレで食べるよう勧められた。

頬張ると、こんがり焼けたジューシーな肉の旨味とピリッと辛いタレの味が口いっぱいに広がってゆく。ケイパーの辛味は爽やかで、後味がとてもよい。和風なタレに西洋のアクセントを加えたそれは、未来来が今までに食べた、どんな焼き肉よりもおいしかった。

「おいしい！　昴さん、凄いですっ」

「旨いな。どこで覚えたんだ、こんなにおいしいタレの作り方」

翔太に問われ、昴は曖昧に笑ってみせる。

「三十路間近にもなれば、多少のバーベキュースキルくらい身につくよ」

ぎこちない昴の男言葉に、ドンッと地響きのような音が重なった。

「わ、花火だ！」

思わず窓から身を乗り出した未来来の視界いっぱいに、ぱぁっと大輪の花火が輝く。

「おお、特等席だな。目線の高さでこんなにも大きな花火を見られるなんて、普通じゃありえないよな」

「高層ホテルのスイートルームで鑑賞したら、こういう見方もできるんじゃないか？」

「そんな成金な花火鑑賞、一生縁がねぇよ。昴はそういうデート、したことあるのか」

「あるわけないだろ。オレ、全然モテないし」

ぎゅ、と唇を噛みしめ、昴はうつむいてしまう。

「よくいうよ。女子からめちゃくちゃモテてたくせに」

翔太に軽く小突かれ、昴はぎこちなく笑ってみせた。

未来来はあまり花火を見たことがないけれど、花火大会といえば、大きな花火を少しずつ、間隔を空けながら順に上げていくものだという認識がある。

目の前では、そんな未来来の認識に反し、次から次へと大輪の花火が咲き乱れている。

ドンッ、バラバラバラ、ド、ドン、バラバラッ……。

続けざまに打ち上げられた花火が、瞬きをする間も惜しいほど、夜空を鮮やかに埋め尽くしてゆく。

「凄い、ですね……」

「凄ぇだろ。熱海の花火。三十分間に五千発も打ち上げるんだぜ。おまけにこれを、夏のあいだは、ほぼ毎週やり続けるんだ」

光も凄いけれど、とにかく音が凄い。三方を山々に囲まれ、アルプススタンドのように、すり鉢状にぐるりと海を囲む特殊な地形。海上で放たれた花火の爆発音が湾内に響き渡り、全身をびりびりと震わせる。客車全体が共鳴しているのではないかと思うくらい、ダイレクトに音が伝わってきた。

　この世のものとは思えないほどきれいな光景なのに、昴の笑顔は、とても無理をしているように感じられた。打ち明けるタイミングを計っているのだろうか。ポケットに片手を突っ込んだまま、時折、痛みに耐えるように唇を噛みしめている。

「なあ、昴。――無理に男言葉、使わなくていいんだぞ」

　爆音に紛れることなく、よく通る翔太の声。昴が目を見開き、びくっと身体をこわばらせた。

「まさか。未来くん、翔ちゃんに……」

「いってません……！」

　慌てて否定した未来来を、昴は哀しげな瞳で見つめている。

「こいつはなにもいってないよ。すまない――昴。ずっと、気づいていたんだ。気づいていて、言い出せなかった。もっと早く俺がそのことに触れていれば、昴は家出なんかしなくて済んだかもしれないのに……本当に申し訳ない」

　深々と頭を下げる翔太を前に、昴は困惑したように眉を寄せる。

「翔ちゃんが謝ることじゃない」

「謝ること、だ。――オネエなのを隠し続けるのが辛くて、家出したんだろう」

　翔太に問われ、昴は無言のまま、再びうつむいてしまった。

しばらくの沈黙の後、昴は不安げな声で翔太に訊ねる。

「どうして……私がオネエだってことに気づいたの？」

「寝言だよ」

「寝言？」

「ああ。中二の夏合宿のとき、お前、みんなより先に眠っちまっただろ。ミノムシみたいにシーツにくるまって大人しくなったと思ったら、突然、むにゃむにゃ寝言をいい始めたんだよ」

室内に響き渡る、オネエ全開の寝言。部員全員が、それを聞いてしまったのだという。

「なっ……ど、どうして教えてくれなかったのよっ……！」

「あの合宿の直前にさ、同性愛者だってことをバラされたのを苦にして、男子高校生が自殺した事件があっただろ」

親友に想いを打ち明けた男子高校生が、そのことをクラスじゅうに吹聴され、学校の屋上から飛び降りた哀しい事件。両親が学校側の管理責任を追及し、ニュース番組などに大きく取り上げられたのだという。

「俺たちはみんな、お前のことが大切だったから。お前を自殺に追い込むようなことだけは、絶対に防がなくちゃいけないって思ったんだ」

オネエであることが部員全員にバレたと知れば、昴はショックを受けて自殺してしまうかもしれない。そう思い、彼らは一丸となって、秘密を死守し続けることに決めたのだそうだ。

「もしかして、修学旅行の部屋に、陸上部員以外を入れなかったのって……」

「ああ。お前の寝言を、他のやつらに聞かせないようにするためだ」

校外学習のバスの座席も、なぜかいつも陸上部の人間が周囲を固めていた。昴がうとうとするたびに、小突かれて起こされていたのだという。

「俺たちはよかれと思って、したことだった。だけどそのせいで、お前は誰にも打ち明けられないまま、苦しい気持ちを抱え続けていたんだよな?

『探さないでください。あなたたちの望む息子になれなくて、ごめんなさい』

中学校の卒業式の後、昴はたったそれだけ書き残し、誰にもいわずに家を飛び出したのだという。

「俺らのせいで昴が家出しちまったんだって思って。めちゃくちゃ心配になって、部員みんなで探しに行ったんだ」

親に内緒で東京に行き、ゲイバーが多いという新宿二丁目で手当たり次第、昴を探したのだという。三日三晩探しまわったが、見つけることができずに帰宅。両親からこっぴどく叱られたのだ、と翔太はいった。

「高校生になってからも、時々、探しに行ったよ。だけどどんなに探しても、お前を見つけることはできなかったんだ」

昴の頰を、大粒の涙が伝う。ぎゅっと唇を嚙みしめ、肩を震わせて嗚咽をこらえる昴の頰を、翔太は骨ばった大きな手のひらで拭った。

「昴、今までいったいどこにいたんだ?」

「――上野よ」

昴いわく、都内には二丁目だけでなく、様々な街にゲイバーがあり、特に上野には多いのだそうだ。

「ごめんな。気をまわしたつもりが、逆に俺たちが、お前を追い詰めた」

「そんなこと、ない。全然、そんなことないのっ……」

感極まってオネエ言葉になった昴に、翔太はニッと笑ってみせる。

「やっぱそっちの喋り方のが似合ってんじゃん」

「嘘ばっかり」

「嘘じゃねぇよ。だって不自然にしか聞こえねぇもん、お前の男言葉。無理してんのバレバレだって。ガキのころはさ、ずっとそういう喋り方だっただろ。『翔ちゃん、待ってー、翔ちゃーん』って、いっつも俺の後を追いかけてきてさ。あのころはまだ、お前、ちっちゃくて可愛らしい顔してたし、俺んち、年の離れた兄貴と姉貴しかいねぇから。お前のこと、妹みたいに大切に思ってたんだ」

「妹……」

こらえきれず、昴がえぐっとしゃくり上げる。

「ごめんな。ハンカチくらい、持ってりゃよかったんだけど」

手のひらでは拭いきれなくなった、大量の涙。

「大丈夫、ちゃんと自分で持ってるから」

そういって、昴は自分のハンカチで頬を拭った。

三十分の短い花火大会。気づけばクライマックスの盛大な空中ナイアガラが始まっていた。空が白むほどまばゆい花火。一面の光の渦に、昴が歓声を上げる。無意識に出てしまったのだろうか。いかつい身体に不似合いな、可愛らしい歓声だ。

慌てて口を閉ざそうとした昴に、翔太は「無理すんな」といった。

「無理しなくていい。ここには誰も、お前をいじめたりするような馬鹿な野郎はいねぇから」

そういって、翔太は昴の肩を叩く。こくこくと頷き、昴は心底嬉しそうな顔で笑った。

二人の横顔を照らす花火。咲き乱れた花々が、あっというまに闇に吸い込まれてゆく。

先刻まで耳が痛いくらいにやかましかったのに。残響が消え去り、波の音だけがかすかに聞こえてきた。

「花火、終わっちまったな」

「ごめんなさい。私のせいでナイアガラ、半分見逃しちゃったね」

「別に、お前のせいじゃないだろ」

しんみりしてしまった昴たちをなんとか元気づけたくて、未来来は窓の外を指さした。

「見てください！　花火は終わっちゃいましたけど、熱海の夜景、すっごくきれいですよ！」

未来来の声につられるように、昴が眼下に視線を向ける。

「そうね。住んでいたころは全然気づけなかったけど……熱海ってこうして見ると、とっても素敵な街なのよね」

熱海湾をぐるりと縁取るように輝く、きらびやかな街の灯り。ホテルや旅館の立ち並ぶ海沿いの通りは、特に鮮やかで、宝石をちりばめたみたいに、色とりどりに輝いて見える。

「毎週花火大会があるっていうのも、凄いです」

「普通の町は、あっても年に一度なのよね。真冬に花火をするのも、このあたりじゃ、熱海くらいだし」

懐かしむように呟く昴に、翔太はいいづらそうに切り出した。

「お前は……この町が嫌いなのかと思ってたよ。窮屈で辛くて、思い出したくもないのかなって思ってた。だから正直、意外だったんだ。最期に熱海の花火が見たいなんてさ」

「もし地元が嫌いだったら、最期に翔ちゃんに会いたいなんて、思わないよ」

昴の言葉に、翔太はほっとしたように表情をゆるめる。

「そうだよな。っていうか、部員全員に逢えりゃよかったのにな。みんな、ずっとお前に逢いたがっていたんだ。ここには一人しか呼べない決まりなのか？」

翔太に訊ねられ、アレクセイがなにかを答えようとする。昴はそれを遮り、底抜けに明るい声でいった。

「そうなのよ！　複数呼んでいいなら、部のみんなを呼びたかったし、顧問の田中先生も呼びたかったんだけどねー。田中先生、超かっこよかったわよね！」

「田中？　田中なら、結婚して二児の父だぞ。幸せ太りして、今はすっかりおっさん体型だ」

「なによそれ。乙女の夢を壊さないでよ！」

せっかくオネエであることを明かすことができたのに、昴は自分の気持ちを隠し続けるつもりのようだ。

「昴さん……」

打ち明けるなら、今がチャンスではないだろうか。そう伝えようとした未来来をさりげなく制し、昴はトングに手を伸ばす。

「はーい、仕切り直し。バーベキュー、再開するわよー。まだたくさんあるんだから、お肉、いっぱい食べましょ。副菜も食べてね。このガーリック枝豆なんて、絶対に翔ちゃんの好きな味なんだから」

「おお、確かに旨い！　こんなに旨い枝豆、初めて食べたぜ。お前たちも食べろよ」

翔太に勧められ、未来来とシロノも枝豆に手を伸ばす。さやつきのまま、ごま油をきかせ、にんにく醬油と鷹の爪で炒めた枝豆。がっつりした味つけと新鮮な豆のみずみずしさが絶妙で、とてもおいしかった。

夕食後、未来来は昴から『寝台車に一緒に来て欲しい』と頼まれた。

オネエの自分と二人きりになると、翔太が怯えるのではないかと心配しているらしい。邪魔になるのではと思いながらも、未来来は彼らと一緒に行くことにした。

「わ、凄い……！」

死者のための寝台車は特別仕様のようだ。淡く上品な光を放つ間接照明に照らされた廊下は、ホテルのような高級感が漂っている。

「一両の三分の一を贅沢に使ったスイートルーム、エクセレントスイートです」

一九八九年に開催された横浜博覧会のために新製された、世界に一台しかない豪華客車『北斗星夢空間デラックススリーパー　オロネ25　901』。

現在は退役し、フレンチレストランとして再利用されているその客車の現役時代の姿を、アレクセイの前任者が死神の力で複製したものなのだそうだ。

彼の死後は使っていなかったが、來夏たちの一件で、ツインの部屋を希望する乗客も多いと知り、復活させたのだという。

レースのカーテンに覆われた大きな窓と、テーブルを挟んで向かい合わせに置かれた二脚の一人がけソファ。反対側の壁面にも、ゆったりとくつろげそうなソファが置かれている。

「この個室、ベッドはないんですか……?」

怪訝に思い訊ねた未来来に、アレクセイは「扉の向こうに寝室がありますよ」と答えた。

「えっ……この部屋とは別に、寝室があるんですか」

「ええ。このスイートルームはリビングと寝室、バスタブつきの浴室、三つの部屋で構成されているのです」

アレクセイが扉を開くと、そこには広々としたセミダブルのベッドが二台、L字型に配置されていた。高い天井と大きな窓。壁には絵画までかけられ、どこからどう見ても列車のなかとは思えない、高級感溢れる光景が広がっている。

「すげぇな」

「一九八九年っていわゆるバブル期でしょ。さすがはバブルまったただなかに作られた客車ね」

「博覧会用に特別に作られたものだそうですから、余計に力が入っているのでしょう」

特殊な力で複製されたものだからだろうか。三十年以上前に作られた車両とは思えないくらい、家具も内装もとてもきれいだ。

「それでは、どうぞごゆっくり」

「待って。アリョーシャ、あなた、この後忙しい？」

「特に忙しくはありませんが……」

「じゃあ、一緒にトランプしましょう。三人でするより、四人でするほうがきっと楽しいわ」

昴いわく、盆や正月、親戚が集まるときには、いつもみんなで遅くまでトランプをして遊んでいたのだそうだ。そのころと同じように、楽しく過ごしたいのだという。

「ポーカーやりましょう。未来ちゃん、やり方、わかる？」

「ごめんなさい、わからないです」

「いいわ、私が教えてあげる。アリョーシャは？」

「私もするんですか？」

「当然でしょ。ここに座って。ええとね、ポーカーっていうのはね、五枚の手札の組み合わせで、その強さを競い合うゲームなの」

強引にアレクセイをソファに座らせ、昴はポーカーのルールを解説し始める。

未来来は一度にルールを覚えきれず、スマホのブラウザで組み合わせの強さの一覧表を見ながら、必死で手札を吟味した。

「ねえ、この列車、もしかして……」

額をくっつけるようにして、昴は窓の外をのぞき込む。

「あれ、芦ノ湖だよな？」

湖畔に浮かぶ、月明かりに照らされた大鳥居。幻想的なその光景に、未来来も思わず窓辺に駆け寄った。

「この列車は、上野に戻る前に、死者にとって思い出深い場所を巡ってゆくようにできているのですよ」

「あれ、駅伝ミュージアムよね。もしかして『逆箱根駅伝ごっこ』を再現してくれるの？」

「ええ。夜が明けるまで、時間はたっぷりありますから。ゆっくりと想い出の地を巡ります」

この寝台特急が走る場所には、星屑のように光の粒が集まった線路ができる。その光に照らされ、ぼうっと浮かび上がった山道を眺め、昴はうっとりと目を細めた。

「懐かしいわ……もう、十四年も前のことなのね」

「ああ、ついこのあいだのことみたいに感じるけど、十四年も経ってるんだよな。あの坂なんか、今、ママチャリで登れっていわれても絶対に無理だな」

今がチャンスでは。そう思い、身を乗り出しかけた未来来より先に、アレクセイが口を開いた。

「この寝台特急を作った男は、いつもいっていました。『この列車は死者にとって最期の救いなんだ』と。残された者は、どんなに苦しくても立ち直るチャンスがあります。けれども、死者にとってこの場所を逃したら、二度とそのチャンスは訪れない。心残りを抱えたまま、旅立たなくてはならなくなるのですよ」

アレクセイの言葉に、昴はぎゅっと唇を噛みしめる。

「大きな未練を抱えたまま昇天すれば、どんなに記憶を消されたところで、魂は決して浮かばれないのです。深い傷を負ったままの魂は、二度と転生できなくなる可能性もあるのですよ」

「わかってるわ。それでも私は……」

掠(かす)れた声で呟くと、昴はふたたびポケットに手を入れた。腕の筋肉がぐっと盛り上がり、ふるふると震えている。その腕に、翔太がそっと触れた。

「出せよ」

「なにを……?」

「持ってるんだろ」

「だから、なにを……？」

「鍵だよ。自転車の鍵」

「な、んで……っ」

困惑した顔で、昴が未来来を見やる。

「違う。そいつはなにもいってない。っていうかなぁ、お前、俺のこと、どれだけ馬鹿だと思ってんだ。気づかないわけねぇだろ。それだけ全開で好き好きオーラ出されてて」

「なっ、わ、私は、そんなっ……！」

「いいから出せ。それを返すために、お前は俺をここに来させたんだろ」

翔太の言葉に、昴は狼狽えながらも、ポケットから手を出す。ぎゅうぎゅうに握りしめた拳。翔太にこじ開けられたその手のひらには、古ぼけた自転車の鍵がちょこんと乗っていた。

「てかさぁ、昴、お前がこれを盗んだせいで、俺が他校との打ち上げに行けなくなったって本気で思ってんのか？　馬鹿だろ。こんなしょぼい鍵、蹴飛ばせば一発で壊れるんだよ。どうしても行きたかったらそうしてる。だけど、俺はそうしなかった。それが、どういう意味かわかるか？」

卒業式の後、昴たちの学校の陸上部員は、他校の陸上部と合同で打ち上げをする予定だったのだという。その学校には、翔太のことを好きな後輩の女子がいた。昴はその子から、「武田先輩に告白したいんです。協力していただけませんか」と頼まれていたのだそうだ。

校則で禁止されていたため、昴たちは携帯やスマホを持っていなかった。打ち上げの会場は、自転車で三十分以上かかる場所にある。バスや電車もなく、歩いて行くのは困難だ。鍵さえ隠してしまえば、彼女は翔太に告白できなくなる。昴はそんなふうに考えずにはいられなかったのだという。

「だいたいなぁ、あの日、向こうの学校の二年の子が俺に告白しようとしてるってのは、女子部員たちからもいわれてたんだよ。すげぇ冷やかされて、正直、そのせいで行く気が完全に失せてたんだ」

「なんで……っ、あの子、すっごく可愛かったのに」

「そういう問題じゃねぇよ。あのころの俺にとって、恋愛とか正直どうでもよかったんだよ。走ることがいちばん大事で、一緒に走る仲間がなにより大切だった。『友だち以上、恋人未満』なんて言葉があるけど、当時の俺にいわせりゃ、『はぁ？　阿呆か。友だち以上のモンなんかこの世に存在しねぇよ！』って感じだったんだよ。っていうか、今も、そんなに変わってないけどな」

「翔ちゃん……」

「お前の気持ちに気づかないふりしてた俺が、悪かったかもしれない。だけど、それはお前が男だからとかそういうのじゃなくて、当時の俺は、男だろうが女だろうが、誰とも恋愛なんかする気がなかったんだ。それを、周りは他校の女子とくっつけようとするし、お前までなんかよくわかんねぇことになってるし……おまけに家出とか。どう考えても俺のせいだろ。俺があの日、お前を探しに行かなかったせいで、お前は人生を棒に振る羽目になったんだろ」

ぐしゃぐしゃと短い髪をかきむしり、翔太は頭を抱えてしまう。

「ちがっ……全然、翔ちゃんのせいとかじゃないし」

「せいだろ、馬鹿。卒業式のあの日、お前がどこにいるのかわかってて、俺は探しに行かなかった。迎えに行って、告白されたら困ると思ったからだ。嫌だったんだよ、俺は。せっかくいい仲間なのに。一生つき合える大切な存在だって思ってたのに。恋愛とかそういうモンで、気まずくなりたくなかった。お前がオネエなことは、全然嫌じゃなかった。だけど、今までどおりの関係でいられなくなるのは、絶対に嫌だったんだ」

「なに、それ……」

「笑いたきゃ笑えよ。ガキだって笑え。俺は、すげぇ嫌いだったんだ。女子も男子も、なんかわかんねぇけど急に色気づいて浮かれて。そのせいで疎遠になっちまうやつまでいるだろ。女取り合って、喧嘩したりとか」

「いたわね。女子部員を巡って、絶交しちゃった男子。あの子、部活もやめちゃったもんね」

「マジで勘弁して欲しかった。陸上のことだけ考えていたいのに。仲間を大事にしたいのに。『はぁ？　恋愛？　ふざけんな。そんなモンよそでやれ、よそで！』って感じで。お前ならわかってくれるかと思ったのに。お前はお前で、変なことになってるし……」

「私、変だった……？」

「変だろ。ちょっと身体がぶつかっただけで真っ赤になったりとか。話してても全然目ぇ合わせてくれねぇときとかあったし」

「そ、それは、若気の至りっていうか。今ほど心臓強くなかったから……」

「『誰に惚れてもいいけど、俺だけはやめてくれ！』って、マジで辛かったわ。ガキのころの恋愛なんか、一瞬のモンだろ。つき合ったりしてもさ、みんな、すぐ別れてたし。そもそも好きな相手だって、みんなコロコロ変わってた。俺はこんなに大事に思ってんのに。一生、親友でいたいと思ってんのに。なんでよりによって俺に惚れてんだよ、ふざけんな！　って、ぶちまけたくてたまんなかったよ。実際にやったら、お前が自殺しちまうんじゃないかって心配で、結局、なにもいえずに、一人でぐるぐるしてるしかなかったけどな」

真面目(まじめ)くさった顔で言い放つ翔太を前に、昴はなぜかおかしそうに噴き出した。

「翔ちゃんらしすぎて、笑い、止まらないんだけど」

「笑い事じゃねぇよ。俺がどれだけ苦しんだと思ってんだ。『俺のせいで昴が家出しちまった』『悪い大人に騙されて酷い目に遭ってるかもしれない』って。気が気じゃなかったんだぞっ」

「ごめん、ごめん。確かに私は夜の町で働いていたけど、翔ちゃんが心配するようなこと、なんにもなかったよ。辛いことなんか、ひとつもなかった」

「本当かよ。嫌なことがたくさんあって、酒浸りになって、そのせいで食道がんになったんじゃないのか」

「全然。がんなんてね、どんなに健康的な生活してたって、なるときはなるのよ。翔ちゃんだって来年はもう三十路なんだから、他人事じゃないわよ。ちゃんと検査、受けてる？」

「会社でやるやつはな」

「それだけじゃダメ。人間ドックもして」

そんなふうにいわれ、翔太は「わかってるよ」と頷いた。そして表情をあらため、昴に向き直る。

「なあ、昴。マジで不幸じゃなかったのか」

「全然。初恋の相手が男前すぎて、なかなか他の男に本気になれないっていう苦労はあったけどね。仕事もプライベートも充実してて、最高の仲間にもたくさん出会えたわ」

「誰だよ、初恋の相手って。まさか田中か?」

翔太の問いに、昴は心底呆れた顔をした。

「はぁ? どうしてそこで田中先生が出てくるわけ?」

「つったって、俺じゃねぇだろ」

「なんでそう思うのよ」

「俺のどこをどう見たら男前に見えるんだ。もしそうだとしたら、お前、男見る目、なさすぎんだろ」

「馬鹿ね。私ほど審美眼に優れた男はいないわよ。オネエに惚れられてるってわかってて、それでもこんなふうに『親友でいられなくなるのが嫌だ!』なんていってくれるお人よし、世界中探したってどこにもいないもの」

「うるせぇ、誰だって思うに決まってんだろ。俺だけじゃねぇぞ。部員みんな、お前のことが好きだったんだ。大事だったんだよ。お前は、みんなから愛されてたんだ。それを勝手に家出なんかしやがって。俺たちがどれだけお前のことをっ……」

冷たい手のひらが、未来来の腕に触れる。

「行きますよ」

アレクセイに耳元で囁かれ、未来来はこくんと頷いた。

音をたてないようにそっと部屋を出る。扉越しに、楽しそうに口論する声が漏れ聞こえてきた。

「そんなに羨ましそうな顔をしなくたって、あなただって作ろうと思えば、友だちの一人や二人、作れますよ」

「べ、別におれはっ……」

羨ましいなんて、思ってない。そういいかけて、未来来は口をつぐむ。

「アレクセイさんにも、そういう相手がいたんですよね」

細い廊下を歩きながら小声で話しかけると、怪訝な顔をされた。

「そういう相手?」

「だから……なんていうか、『友だち』みたいな相手」

友だち、なんて、口に出していうのは照れくさい。だけど他の言葉では表現しようのない存在だ。

「馬鹿いわないでください。人間じゃあるまいし、死神は人間のように群れたりしませんよ」

「でも、前任者のために、アレクセイさんはこの列車の運行を引き継いだんですよね」

「別に……大河の『ため』じゃありません。ただ、頼まれたからしている。それだけです」

「友だちじゃなかったら、頼まれたってしない。アレクセイさんに、この列車を運行しなくちゃいけない義務はないんでしょう」

「義務はありませんが、前にもいったようにメリットはありますし、暇潰しにはなります」

「暇潰し？」

「私たち死神には、あなた方、人間のような『寿命』というものがありません。老いることもなく、永遠に同じ姿のまま、生き続けなくてはならないのです」

ひたすらくり返される、単調な日々。そんな日々を紛らわす暇潰しのために、彼はこの寝台特急を運行しているのだという。そして、寝台特急を使った『未練解消』は、死神の鎌を使って無理やり成仏させた場合よりも、魂の浄化率が高く、十王から高評価を得られる。そのため、点数を稼ぐ必要のあるアレクセイにとって、とても有用なのだそうだ。

「なんですか、そのショックを受けたような顔は。死神には、人間と違って感情などというものは存在しないのです。他者に対する執着心もない。大河は私にとって、単に同じ仕事をする『同僚』のようなものです。友人だとかなんだとか、人間の価値観に当てはめて決めつけられても困ります」

「死神には執着心がない……？　そんなはずないです。アレクセイさん、めちゃくちゃ執着心ありますよね。常にあんみつに執着してる」

未来来の言葉に、アレクセイは形のよい眉をひそめる。

「別に、私はあんみつに執着などしていません。単に私たち死神は、あなたたち人間ほど味覚が発達していないのです。あんみつやチョコレートなど甘みの強いものは味を感じますが、それ以外のものは、ほとんど『味』を感じない。だから、消去法であんみつを選択しているだけです」

「味を感じない……？　それなのに、どうしておれの作った料理を、大河さんの作った料理と、同じだと思うんですか？」

「それは……単に、あなたの料理も『味がする』からです。たいていの料理は味がしませんが、大河の料理だけは、しっかりと味がした。あなたの作る料理も、同じように『味』がする。ただ、それだけのことです」

アレクセイはそういい終えると、未来来に背を向けた。

ふだんは飄々（ひょうひょう）としている彼が、肩をいからせ、少し乱暴な歩き方で去ってゆく。怒らせてしまったのだろうか。触れてはいけないことに、触れてしまったのかもしれない。

「『食べ物を食べる必要がない』はずなのに、あんなにあんみつを食べたがったり、なんでもかんでも『大河』って人に結びつけたり……。どう考えても、執着してるようにしか見えないのになぁ……」

もしかしたらアレクセイのいうとおり、死神の思考回路と人間の思考回路は完全に異なっていて、未来来には、彼の考えていることなど、まったく理解できないのかもしれない。

「だけど……アレクセイさん、少なくとも『感情がない』ようには見えないよ」

あんみつを食べたとき。未来来の料理を食べたとき。いつもは硬質な彼の表情が、ふわりとやわらかくほどけるのだ。感情のない者に、あんな表情ができるものだろうか。

「十王さまの高評価を狙うのは、『願いを叶えてもらうため』だっていっていたな。アレクセイさんの願いって、なんなんだろう……」

感情のない（と、本人がいい張っている）死神の、抱く願い。

それは、いったいどんなものなのだろう。

尋ねたところで、「あなたには関係ありません」と一蹴されるのがオチだろう。所詮、未来来は、彼にとって『大河に似た料理を作ることのできる代用品』でしかない。

仮眠用のA寝台個室で浴衣に着替え、未来来はごろんと横になった。

大きな窓からは、都内よりもずっと濃い、漆黒の夜空が見える。瞬く星々も、ふだんの何倍も多く、強くきらめいているように感じられた。

昴は翔太と、この景色を楽しんでいるだろうか。

「『友だち』か……」

アレクセイにあんなことをいったものの、正直にいえば、未来来にも、友だちがどういうものか、なんてわからない。

小学校のころ、授業参観で学校に来ている他の子どもたちの親が、『あの子は捨て子だから』と、囁き合っているのを耳にしたことがある。『あの子には、気をつけなさいよ』と、彼女たちは自分の子どもにいい聞かせていた。

「別に、『友だち』なんて、羨ましくない」

口に出して、呟いてみる。

來夏には笹原、昴には翔太。この列車で旅立つ人たちは皆、誰もが誰かから大切に想われ、その死を悼まれている。

「おれが死ぬときって、どんななのかな。本当にアレクセイさんに殺されちゃうのかな……。そもそも、いくつまで、あの家にいていいんだろう……」

身寄りのない子どもが里親のもとで暮らす場合、一般的にはいくつまで世話になっていて許されるものなのだろう。もしかしたら高校卒業を機に、出ていくのが普通なのかもしれない。

「おーじさんも、言葉に出していわないだけで、『さっさと出てけ』って思ってるかもしれないな」

世の中には、引きこもりの子どもを持て余し、殺してしまう親もいるという。血の繋がった実の親子であっても、そういう事件が起こるのだ。血縁が遠ければ、余計に疎ましく感じることも多いだろう。

「そこまで疎まれる前に、なんとかしなくちゃ……」

まばゆい星々の光は、目を閉じてもまぶたの裏に残り続ける。

カタン、カタン、と揺れ続ける客車。頭のなかはショートしそうなほど、様々な悩みが駆け巡っているのに。いつのまにか意識が遠のき、未来来は眠りに落ちてしまった。


オルゴール式車内チャイム、ハイケンスのセレナーデの音色に目を覚ます。眠い目をこすりながら身体を起こすと、そこはいつものA寝台個室だった。

窓の外はすでに白み始めている。流ちょうなシロノのアナウンスをBGMに調理服に着替えると、施錠してあるはずの扉が開き、ツンとした顔の猫耳っ子が顔を出した。

「おはよ、シロノ」

朝からきっちりと制服を着込んだシロノに声をかけると、ぷいっと顔を背けられる。

「あとちょっとの我慢。春になったら、殺しても大丈夫」

ぼそっと呟かれた不穏な言葉。聞かなかったことにして、未来来は洗面台で顔を洗う。

シロノと共にロビーカーに向かうと、そこには眠たそうな顔をした、昴と翔太がいた。

「もしかして、徹夜ですか?」

未来来がそう訊ねると、昴は勝ち誇った顔で胸をそらす。

「朝までポーカーガチ勝負よ。私の圧勝。どんなに勝っても、なんの得にもならないけどね」

「強すぎんだよ、お前。よく考えてみりゃ、頭を使ったゲームで俺がお前に勝てたことなんか、一度もないもんな。学校の成績も、断然お前のほうがよかったし」

がっくりと肩を落とし、翔太は北斗七星の描かれた紺色のコーヒーカップに手を伸ばす。ここのところ、モーニングコーヒーと共にあんみつを出すのが、定番になっている。コーヒーとあんみつ。あまり合わなさそうな感じがするその取り合わせが、意外とよく合うようで、お客さんたちからも好評だ。

今日のあんみつは、レモンソルベをトッピングした、期間限定の夏みかんあんみつだ。甘いものが苦手な翔太はトッピングを退け、蜜を少しかけただけのシンプルなみつまめを食べ、甘いものが大好きな昴は、二人分のあんこと夏みかん、ソルベが山盛りになったあんみつをおいしそうに頬張っている。

「んー、夏みかんの甘酸っぱさと、こっくりしたあんこの甘みが最高ね！　レモンソルベの爽やかさも、このあんみつにぴったりだわ。あぁ、来年の夏も食べたかったなぁ……」

そんなふうにぼやく昴に、翔太がいう。

「地元に残ってりゃ、もっと長生きできたかもしれねぇのにな。健康診断も、きちんと受けろっておばさんたちが気をつけてくれただろうし」

「そうかもね。でもね、それはそれでキツかったと思うのよ。あのとき、家を飛び出さなかったとしても、私、いつかは熱海を出ていたと思うわ」

熱海でも有数の老舗温泉旅館の跡継ぎ息子として生を受けた昴。もし家を飛び出さなければ、親の望む大学の経営学部に進み、親の決めた相手と見合い結婚をして、旅館を継がされていたのだという。

「『あの旅館にはオカマがいる』なんて噂になるわけにはいかないから、きっと一生、言動に気をつけて生きなくちゃいけなくなるし、異性と結婚して、家族も持たなくちゃいけなくなる。私は、あの家を出たことを後悔してなんかないわ。短くても好きなように生きられて、幸せだったたって思ってる」

どんな生き方が幸せか、なんて、そんなのはきっと、その人自身にしかわからない。周囲がどう思おうが、昴が『幸せだった』というのなら、それは紛れもない真実なのだろう。

「もちろん、好きなように生きて長生きもできたら、もっと幸せだったけどね。これはばっかりは運だから、どうしようもないわ。翔ちゃんもいつまでも若くないんだから。ちゃんとがん検診、受けなくちゃダメよ。がんは誰もが、かかる可能性のある病気なんだからね」

ぺち、と軽く頬を叩かれ、翔太は「わかってるよ」とその手を払いのける。

「こんなにもいい従兄弟兼、いい親友にも恵まれたしね。私の人生、最高だったわ」

そう語る彼の笑顔は、本当に晴れ晴れしているように見えた。

「未来ちゃんも、自分の好きなように生きなさいね。人間なんて、いつなにがあるか、わからないんだから」

唐突に話を振られ、未来来は慌てて姿勢を正す。

「あ、はい……」

「未来ちゃん、あなた、将来の夢は？」

「夢、ですか……？」

「そう。将来、どういう大人になりたいの？」

昴にまっすぐ見据えられ、どんなふうに答えていいのかわからなくなる。

「えっと……どういう大人、とか、全然思い浮かばないんですけど……できれば、大叔父に迷惑をかけないように早く自立して、恩返しがしたいです」

半ニートの自分にできる恩返しなんて、あるのかどうかわからないけれど。もし、現状を打破して、外の世界に出ることができるようになったら、きちんと稼げるようになって、大叔父に楽をさせてあげたい。アレクセイから貰ったバイト代も、全部、大叔父にあげたい。

「あなた、もう外の世界に出てるじゃない。ちっともニートなんかじゃないわ」

「あ、いいえ。この列車のなかは、アレクセイさんに守られた場所だから……」

この列車には、未来来をいじめる人間も、出自や名前をからかう人間もいない。そういう場所だから普通にしていられるだけで、外の世界で悪意に晒されたら、あっというまに心が折れてしまいそうなのだ。

「確かにここは、優しさに溢れた場所ね。アリョーシャもシロノもクロノも、そしてあなたも、優しくていい人ばかりだもの」

「私は別に——」

アレクセイの言葉を遮るように、昴は声を上げて笑う。

「自覚がないのね、優しい死神さん。あなた自身はどう思っているのかわからないけれど、あなたはとっても優しいわよ。私や翔ちゃんを、この寝台車でめいっぱいもてなしてくれた。アリョーシャそっくりの、シロノちゃんもね。優しくて、いい子よ」

アレクセイの後ろに控えていたシロノが、ぷいっと顔を背ける。

「未来ちゃん。確かに外の世界は、ここみたいに居心地がよくないかもしれない。心無い言葉をぶつけてくる、酷い人間もいるかもしれない。でもね、学校だけは、行けるものなら行ったほうがいいわ。今すぐじゃなくていい。時間がかかってもいいの。自分の足で立てるようになるために、必要なことを学ぶのは大切なことよ。残念だけど、この社会で中卒のまま生きるのは、とても難しいことなの」

中学卒業と同時に家を飛び出し、身ひとつで生きてきた昴の発する言葉。それは、近所のおばちゃんたちからいわれ続けている、『学校だけは行ったほうがいいわよ』という言葉以上に、ずっしりと重みをもって感じられた。

「中卒じゃ、まともに部屋も貸してもらえないし、アルバイトだって雇ってくれないところがほとんどなの。私みたいに希望して自ら飛び込んだ人間だけじゃなくて、どうしても他の仕事が見つけられずに、夜の街に流れてくる、中卒や高校中退の子を、たくさん見てきたわ」

最初のうちは、昴も苦労が多かったのだそうだ。そのときの悔しさをばねに、彼は高卒認定を取り、子どものころから夢だった服飾専門学校に通ったのだという。

「開業資金を貯めて、カワイイもの好きな乙女男子のためのショップを開きたいなぁって思っていたの。道半ばで病気になっちゃったけど、目標があったから、毎日頑張れたのよ」

目標を持つのは、生きていく上で、なによりも大切なことなの、と昴はいった。

「『大叔父さんに恩返しをしたい』っていうあなたの目標は、とっても尊いものよ。その目標を見失わなければ、きっといつか道は開ける。だから、頑張ってね」

翔太にしたのと同じように、未来来の頰に触れようとして、昴は途中で手を止める。

未来来が『気持ち悪い』と感じると思ったのかもしれない。未来来はまっすぐ彼を見上げ、その手を摑んで、自分の頰に導いた。

「おれ、昴さんのこと、気持ち悪いなんて、少しも思ってませんから」

昴の瞳が、みるみるうちに潤んでゆく。

「もう……ほんとにいい子なんだから。あなたみたいな子はねぇ、きっとおうちにいるだけで、ちゃあんと大叔父孝行できているのよ。義務教育終わってんでしょ。嫌ならとっくに追い出すなり、施設に送るなりしているわ。未来ちゃんを手元に置き続けているってことはね、あなたのことを大切に思ってるからなの。だからね、勝手な思い込みで、『出ていかなくちゃ』なんて思ったらダメよ」

「どうして……そんなこと、わかるんですか」

昴には自分のことなんて、なにひとつ話していないのに。なぜ、未来来が抱え続けている申し訳なさに、気づかれてしまったのだろう。

「そんなの、あなたの顔を見ればわかるわ。いいわね。卑屈にならないこと。与えられた愛情は、素直に受け止めなさい。自分を『いらない子』だなんて、絶対に思ってはダメよ。私があなたの大叔父なら、可愛くて可愛くて、一生そばに置いておきたいって思うもの」

「おーじさんは、そんなふうには……」

陽一から幾度となくいわれ続けている言葉が頭をよぎる。

『剛志さんは、お前のことを溺愛してるから』

直接的な愛情は、ほとんど与えてくれない。幼いころから、抱きしめられた記憶も、頭を撫でられた記憶さえもない。優しい言葉も、かけてはくれない。

だけど、大叔父はいつだって未来来の意思を尊重してくれる。学校に行けなくなったときも、店を手伝いたいと伝えたときも。なにもいわず、「好きにしろ」と受け入れてくれた。

「ありがとう……ございます」

否定の言葉を飲み込み、未来来は昴に頭を下げた。

「あー、もう。本当に可愛いわ、この子」

ぐしゃぐしゃと頭を撫でられ、未来来はくすぐったさを感じながらも、昴のされるがままになった。

「そろそろ上野駅に到着します。昴、最期にひとつ、なにか来世に持っていきたい記憶はありませんか」

人間は死後、十王の審判で生前の記憶をすべて消されることになるが、アレクセイは十王にも見つけられない場所に、ひとつだけ生前の記憶を隠すことができる。

彼が隠した記憶は、その後、死者が天国や地獄に行くことになっても、人間の世界にふたたび生まれ落ちることになっても、ずっと保たれ続けるのだそうだ。

「ひとつしか残せないのよね……。じゃあ、『駅伝への愛』を残してもらえないかしら」

「翔太さんへの想い、じゃなくていいんですか?」

隣に座る翔太に聞こえないようこっそりと耳打ちした未来来に、昴は「いいのよ」と微笑む。

「翔ちゃんはね、根っからのノンケなの。転生したって私の恋が叶うことはないし、仮に女に生まれることができたとしたって、翔ちゃんは三十以上も年下の女の子に鼻を伸ばすような、下卑た男じゃないわ」

会社勤めのかたわら、翔太は地元のちびっこ駅伝チームで指導者をしているのだそうだ。

「いつか、彼が育てた選手を応援できたら幸せじゃない？　どんな形でもいい。私は彼の人生を、応援し続けていたいのよ。私自身も、次の人生こそ、諦めずに走り続けたいしね」

にっこりと微笑む昴の笑顔に、未来来は無性に胸が苦しくなった。

「最後くらい、気持ち悪いの、我慢なさい」

昴はそういって、むぎゅっと翔太を抱きしめる。

「うぉっ、ばか、骨、折れる……っ！」

ふざけた声を上げながらも、翔太は昴の盛大なハグをしっかりと受け止める。昴を抱きしめ返す彼の瞳は、今にも泣き出しそうに潤んでいた。

「じゃあね、二人とも元気でね」

地下廃駅のホーム。寝台特急の昇降口に立った昴は、満面の笑顔で手を振る。

「お前も、身体に気をつけろよ」

翔太の言葉に、昴は「ふふ」とおかしそうに笑った。

「死者にそれをいうわけ？」

「うるせぇ。戻ってくんだろ、俺ンとこに。待ってんぞ。百まで生きて、俺は駅伝の指導をし続けてやる。だから還(かえ)ってこい。今度は絶対に逃げ出さなくて済むよう、あの町で生きられるように、俺が守ってやるから。箱根を走れるように、しっかり育ててやるから」

死者が転生する際、生前暮らしていた街に生まれ落ちる確率は、いったいどれくらいなのだろう。わからない。わからないけれど——強く願う気持ちがあれば、もしかしたら、それは叶うことだってあるのかもしれない。

「私が女の子に生まれてきちゃったら、どうするの。箱根走れないわよ」

「決まりなんんか、ぶち壊してやれ。女だって男どもをぶっちぎるようなタイムで走れれば、箱根に出させてもらえるかもしれねぇだろうが」

「なに、それ。私、来世で、日本初の『箱根駅伝を走った女子選手』になるの？」

「ああ。俺は、『日本初の箱根駅伝を走った女子選手の鬼コーチ』になる」

「『鬼コーチ』なんだ？」

「ああ、『鬼』だよ」

顔を見合わせ、二人は笑い合う。もう一度ハグをして、彼らは身体を離した。

発車を報せるベルが鳴り響く。

「上野発、冥土行き、寝台特急大河、まもなく発車いたします。危ないですから、黄色い線までお下がりください」

シロノにそう告げられ、ホームに立つ翔太と未来来は一歩下がる。

「持ってけ、昴」

翔太はそう叫ぶと、車内に向かってなにかを放り投げた。

きれいな放物線を描いたそれをしっかりと受け止め、昴は大粒の涙を溢れさせる。彼は泣き笑いの顔で、握りしめた拳を開いた。

そこには箱根駅伝のキーホルダーがついた、古ぼけた自転車の鍵がちょこんと乗っている。

「翔ちゃんと従兄弟同士で、本当によかった！」

発車ベルに紛れることなく、大きな声で昴がそう叫ぶ。

「その言葉、そっくりそのまま、お前に返してやる！」

ゆっくりと閉まる扉。翔太の声は、最後まで昴の耳に届いただろうか。

去ってゆく昴の笑顔は、未来来の目に、とても満たされたものであるように見えた。

ガタン、ガタン、と列車の音が遠のき、残響が闇に吸い込まれてゆく。

「さて、帰るか。おい、未来。酒、つき合えよ」

翔太に肩を抱かれ、未来来は慌てて首を振る。

「おれ、未成年なんで、酒につき合うのは無理です。あ、でも……おれの代わりにつき合ってくれそうな、めっちゃ酒に強い大人なら、知ってますよ。料理がおいしくて、手ごろな価格で飲める店も」

「その店に連れていってくれ！」

昴を失った辛さを酒で紛らわすつもりなのだろう。めし処おおはしなら、常連客の陽一がなにかと世話を焼いてくれるだろうし、酔い潰れても、財布をすられたり、身ぐるみ剝がされたり、などという危険な目に遭うことはない。

「いいですけど、おれ、ここの寝台特急で働いてること、まだ誰にも伝えてないんで。内緒にしてくださいね」

「おう、秘密にしてやる。行くぞ、酒だ、酒！」

飲む前から酔っぱらっているかのような翔太にせっつかれながら、未来来は地上へと続く階段を上った。

廃駅の分厚い鉄扉を開けた途端、もわっとした熱気が流れ込んでくる。

「よかった……。今回も、ちゃんと夕方に戻ってる」

茜色(あかねいろ)に染まる空と、耳鳴りのように響き続ける蝉の声。見慣れた光景に、ほっと胸を撫で下ろす。この扉の向こうで起こったことが全部夢だったのではないかと思うほどに、周りの景色は、未来来がこの駅に入ったときとまったく同じ状態に戻っていた。

「よし、行くぞ！」

「あ、こっちですよ。翔太さん」

昴は今ごろ、あの列車のなかで、どんなことを考えているのだろうか。

酔い潰れる気満々の翔太を連れ、未来来は大叔父の待つ、おおはしへと帰った。

第三章 ノースの海と朝ごはん

『秋限定、栗あんみつを六つ、お願いします』

ふるふると震えるスマホ。調理服のポケットから引っ張り出して確認すると、そんなメッセージが表示されていた。

あんみつ六つ。食堂車の仕事の合図だ。

「なんだ、彼女からの呼び出しか？」

カウンター席の陽一にからかわれ、未来来は慌てて否定する。

「そ、そんなのじゃないよっ……。ちょっと友だちに呼び出されただけ」

「友だちねぇ、その割に、妙にソワソワしてんなぁ」

「気のせいだよっ……気のせい。彼女なんていないし」

「へえ、でも友だちはできたんだな。一緒にバーベキューをするような、仲のいい友だちがいるんだろ」

「そ、それは……まぁ、おれだってそれくらいは……」

夜営業の仕込みをしている大叔父が、包丁を手にしたまま、ちらりと未来来を見る。彼も未来来の外出が増えたことが気になっているようだが、直接問い質すつもりはないらしい。

「あとは俺一人で充分だ。さっさと行ってこい」

大叔父にそっけない口調でいわれ、未来来は「ごめん」と呟きカウンターの外に出た。

「今日も調理服のままで行くのか？」

陽一に問われ、未来来は、こくりと頷く。

「友だちに会うだけだし、服装なんか気にする必要ないからさ」

大叔父や陽一には、いまだに食堂車の仕事をしていることは明かせていない。

冥土行きの寝台特急で死神の手伝いをしているなんて、正直に話せば、頭がおかしいと思われてしまうに違いない。

「若いんだし、たまにはしゃれた格好しろよ。素材はいいんだからさ。お前に似合う服、俺がコーディネートしてやろうか。倉庫の掃除を手伝ってくれたら、お代は免除してやるから」

「大丈夫。陽一さんに貰った服、いっぱいあるから。これ以上、必要ないよ。あ、でも手伝いが必要なときは遠慮なくいって。店が忙しい時間帯以外なら、いつでも手伝うから」

そう答え、未来来は店の外に飛び出した。

駅ビル内のあんみつやで購入した栗あんみつを手に、急いで廃駅へと向かう。

このあいだまで蝉が啼いていたのに、いつのまにか日が暮れるのがとても早くなった。夕闇に包まれた駅舎。翡翠色の分厚い鉄扉に手をかけると、驚くほど冷たかった。

青白い光に照らされたエントランス。切符売り場跡を抜け、ガラス扉の先に続く階段を下る。ホームに停車中の青い列車に乗り込むと、食堂車には、四十代くらいと思しき、健康的に日に焼けた女性が座っていた。

「はじめまして。この食堂車で調理を担当している、大橋未来です。このたびは……ご愁傷さまです」

ご愁傷さま。この言葉を告げるたび、いつもぎゅっと胸が苦しくなる。目の前の女性は「とっても礼儀正しいのね」と目を細めて微笑んだ。

「彼女は本日のお客さま、松ケ迫茜さんです。世界的に活躍していた元プロボディボーダーで、近年は江ノ島の近くで、カフェを経営されていたそうです」

「海辺の町でカフェ、素敵ですね」

「ありがとう。未来くんも、ふだんは定食屋さんで働いているんですってね。まだ若いのに偉いわ」

「あ、いえ……」

単純に、未来来は学校に行くことができないから、家の手伝いをしているだけだ。それなのに褒められると、なんだかとても居心地が悪くなる。

「今日は、どういった料理をお求めですか」

「できることなら、息子と一緒に朝ごはんを食べたいの。もうずっと一緒に食卓を囲めていなくて。最期に、彼にあたたかい朝ごはんを作ってあげたいのよ」

「夜なのに、朝ごはんですか……？」

「そう。朝ごはん。『今日も一日、頑張ろう』って思える料理。この先の人生、私なしでもちゃんと一人で歩んでもらえるように。元気に過ごしてもらえるように。作りたての料理を、食べさせてあげたいの」

夫を早くに亡くし、息子と二人暮らし。その息子は高校を中退し、引きこもって自室から出てこないのだという。

「息子さん、引きこもりをされているんですか」

「学校でとても嫌なことがあってね、自分の部屋から出てこなくなってしまったの」

茜の息子、創(はじめ)は、彼女が家のなかにいるあいだは、鍵のかかった自室から一歩も出ず、彼女が働きに出ると、こっそり出てきて台所で食べ物を物色し、腹を満たしてふたたび自室にこもってしまうのだという。

「そんな状態が続いていて、もう長いこと顔を合わせていないの」

鍵を壊して強引に連れ出そうとしたこともあったが、『部屋の外に出るくらいなら自殺する』と泣き喚かれ、それ以来、恐ろしくてなにもできないのだそうだ。

「学校でいじめに遭われていたんですか……?」

未来来にとって、他人事とは思えない状況だ。大叔父が寡黙で、未来来のことを適度に放っておいてくれる人だからこそ、未来来はあの家のなかで安心して暮らせている。

もし彼が教育熱心で、無理やり学校に引きずっていくようなタイプなら、未来来も今ごろ自室に引きこもったり、家を飛び出していたりしたかもしれない。

「いじめとはちょっと違うんだけどね、学校の先生たちに、一生懸命描いた自分の絵を酷評され続けて、心が折れてしまったの。創の父親も絵描きだったんだけど、父親の絵も執拗に侮辱されて……お父さんっ子だったから、とっても辛かったみたいなのよ」

創の父親は元プロサーファー。引退後はサーフィンや海をモチーフとした作品を描くサーファーアーティストとして活躍していたのだという。

「ちょっとスマホを貸してもらってもいい?」

茜に請われ、未来来はスマートフォンを手渡す。彼女はブラウザを立ち上げると、クラウドサービスに自分のIDでログインした。

「こんな絵を描いていたのよ」

液晶画面いっぱいに、大胆な色づかいの絵画が映し出される。真っ青な海と、大きな二重の虹とヤシの木。色鮮やかなサーフボードを操る、グラマラスな女性の姿が描かれている。海辺のカフェに飾られていたら、とても似合いそうなポップな作風だ。

「素敵な絵ですね！」

「ありがとう。でもね、きちんとした芸術教育を受けた人たちから見たら、『素人(しろうと)の落書き』にしか見えないのだそうよ」

世界的な活躍をしたプロサーファーで、見映えもよかった彼の夫、松ヶ迫拓馬(たくま)は、生前、タレントのような存在だったのだそうだ。プロ生活引退後も、サーフ雑誌やファッション雑誌のグラビアを飾り、サーファーやカジュアルなファッションを愛好する人たちからファッションリーダーとして絶大な人気を集めていた。そのため、一部の美術評論家からは『こんなものはタレントのお遊びだ。芸術じゃない』と酷評されていたのだという。

「そんな……こんなに素敵な絵なのに」

「こういう絵はね、誰にでも書けるんだって。『外見のよさや知名度だけで価値を吊(つ)り上げて芸術家を気取っているペテン師だ』って、よく叩(たた)かれていたわ」

確かにタレントが芸術活動をすると、叩く人たちがいる。けれども、なにを芸術と思うかなんて、受け手の好みや価値観の問題だ。芸術か芸術じゃないか、なんて部外者が勝手にジャッジしてよいものなのだろうか。

「十二年前に夫が脳腫瘍(のうしゅよう)で亡くなってからは、さらに市場価値が上がって、『早世の天才サーファーアーティスト』なんてメディアで大々的に取り上げられることが多かったから。余計にその手の批評家たちの攻撃対象になってしまっていたみたいなの」

「創くんの絵も、お父さんに似ているんですか？」

「彼の絵は、もっと繊細よ」

そういって茜が見せてくれたのは、原色で描かれた父親の絵とはまったく違う、やわらかな色づかいの絵だった。派手さはないものの、海や海で暮らす生き物に対する愛が溢れているように感じられる。カメが好きなのだろうか。特にウミガメの絵は生き生きとしていて、とても魅力的だ。

「おれ、不勉強であんまり芸術とかわかんないんですけど……すっごくいい絵だと思います。このウミガメの絵とか、ずっと見ていたくなります」

「そんなふうにいってくれて、ありがとね」

未来来の言葉に、茜は瞳を潤ませる。

「あまりにもきつくいわれたみたいで……あんなに好きだったのに、絵を描くこともやめてしまったの」

プロサーファーの父と、プロボディボーダーの母。幼いころからサーフィンに取り組んでいたものの、マイペースな性格の創は、そちらの世界では芽が出なかったのだそうだ。

そのぶん、彼には絵の才能があった。両親が波に乗るあいだ、彼は浜辺で海の絵を描き続けていたのだという。

「父さんみたいな画家になりたい」

そんな夢を抱いた彼は、中学卒業後、父親の死を乗り越え、都内の芸術高校に進学した。そこで受けた教師からの酷評や、父親に対する執拗なバッシングのせいで部屋の外に出られなくなり、大好きだったはずの絵も、描くことができなくなってしまったのだという。

「茜さんまで亡くして、今は誰が彼の面倒を見ているんですか?」

「引きこもりを支援するNPO団体のスタッフが、毎日、食事を届けてくれているの。だけど、そんなのいつまで続くかわからないし、このままでは息子は、部屋から出られないまま、餓死することになってしまうわ」

茜の死因は乳がんだった。彼女は病気を宣告された直後、弁護士を通じてNPO団体に多額の寄付をし、自分の死後、息子の生活を支えてくれるよう依頼したのだという。

「なんとかして、彼を部屋の外に出さなくちゃいけないんですね。ちなみに、どれくらい引きこもってるんですか?」

「十年よ」

「えっ……そんなに⁉」

十年。不登校歴三年の未来来をはるかに上回る、相当年季の入った引きこもりだ。

「彼を部屋の外に出すのは、かなり難しいと思うわ。それでも、なんとかして外に出して欲しいの。もう一度、息子にきれいな海を見せてあげたい。大好きだった海を見て、また絵を描きたい、外に出たいって思ってもらいたいのよ」

「わかりました。頑張ってみます。でも、外、もう真っ暗ですし。海に連れていっても、暗くてなにも見えないのでは……」

「問題ありません。日本は夜ですが、すでに夜が明けている国もありますし、日本より先に夜が明ける国もたくさんあります」

アレクセイの言葉に、未来来は目を瞬かせる。

「まさか、この列車で海外まで飛ぶつもりですか」

「たくさん力を使いますが、不可能ではありません」

この列車は電気や燃料ではなく、アレクセイの持つ、死神の力を利用して動いているのだそうだ。

「大丈夫なんですか……?」

「まあ、あんみつがあれば、きっとなんとかなります」

あんみつが力の源の死神。謎だけれど、彼にとってあんみつはよほど大きな存在になっているようだ。

「それでは、私たちは息子さんを迎えに行ってきます。あなたはここで、私の子猫たちと待っていてください」

深々と頭を下げる茜に見送られ、廃駅を後にする。アレクセイが向かったのは、会社帰りと思しき人たちで混み合う、上野駅だった。

「電車で行くんですか」

「さすがに力を温存しないと。いくら私が偉大な死神とはいえ、長距離移動は厳しいのです」

「今、自分で『偉大』っていいました？」

出会ったころは、ツンとしていて怖い人だと思っていたけれど、アレクセイには思った以上に人間くさいところがある。

死神を『人間くさい』なんていっていいのかどうかわからないけれど、万能で達観した『神』という遠い存在ではなく、まるで普通の人間のように感じるときがあるのだ。

帰宅ラッシュの満員電車。押し潰され、流されそうになる未来来を、長身のアレクセイがさりげなく保護してくれた。

かすかに感じる、ハーブのような爽やかな香り。アレクセイの匂いだ。この匂いを嗅ぐたびに、なにかを思い出しそうで、思い出せなくて、なんだか落ち着かない気持ちになる。

ぎゅう詰めの東海道線を抜け出し、小田急線に乗り換える。片瀬江ノ島駅で降車すると、謎の宮殿風の駅舎が出迎えてくれた。

「これはいったい……」

「竜宮城をイメージしているようですね。観光地らしい、個性的な駅舎です」

『竜宮造り』という、神社仏閣に用いられる建築技法で建てられているらしい。エメラルドグリーンの屋根に赤い柱、金の縁取り。駅とは思えない、不思議な建物が照明を浴びて異様な存在感を放っている。

「海の匂いがしますね」

個性的すぎる駅舎に気を取られて気づけなかったけれど、アレクセイのいうとおり、確かに汐(しお)の香りが漂ってくる。

海が近いのだろう。胸いっぱい潮風を吸い込むと、なぜだかわからないけれど、子どものころ、母とその再婚相手と一緒に海に行ったときのことを思い出してしまった。

茜のカフェ兼自宅は、片瀬江ノ島駅から徒歩五分ほど離れた場所にあった。茜が所有するその建物は、以前はホテルだったのだそうだ。今は一階がカフェで、その上がマンションになっている。各フロア四室ずつの、マンションとしては小ぶりな四階建て。その最上階が、茜が息子の創と暮らしていた部屋だ。

インターフォンを押してみたけれど、なんの応答もない。

「創さん、いらっしゃいますか。創さんのお母さま、茜さんが、あなたに逢(あ)いたがっているんです」

大きな声で叫んでも、扉を叩いても、まったく反応が返ってこなかった。

「私が開けましょうか」

「無理に開けたら、危険ですよ」

そんなことをして自殺されてしまっては、元も子もない。死神の力で扉を開けようとするアレクセイを、未来来は慌てて引き留めた。

「なにか自主的に扉を開けてもらえるような方法、ないんですかね……」

静まり返った廊下で途方に暮れていると、不意に誰かの足音が聞こえてきた。振り返ると、そこには弁当屋の袋を提げた若い女性の姿があった。大学生くらいだろうか。未来来とアレクセイの姿に気づくと、怪訝(けげん)そうに目をすがめる。

「この部屋に、なにかご用ですか」

そう問われ、慌てふためく未来来の代わりに、アレクセイが落ち着き払った声音で答えた。

「松ヶ迫茜さんのご依頼で、この部屋にお住まいの、彼女の息子さんをお迎えに来たのです」

「茜さんの依頼で？　彼女は一か月前に亡くなりましたけど」

「ええ、知っていますよ。あなたが創さんに食事を届けているＮＰＯの方ですか」

「どうしてそんなこと、わかるんですか」

警戒したような表情で、彼女はアレクセイを見上げる。アレクセイの美貌に圧倒されてしまったようだ。しばらく呆然と見惚れた後、彼女は慌てて表情を引き締めた。

「茜さんから、あなたのお話は伺っております。協力していただけませんか。今すぐ、創さんを彼女のもとに連れていかなくてはならないのです」

「彼女のもとって……お墓参りに連れていくってことですか」

「違いますよ。詳しいことは後でお話しします。とりあえず創さんに、この部屋の扉を開けさせてください。あなたが届けるその食事を、彼は待っているのですよね？」

「そんなこといわれて、協力できるわけないじゃないですかっ……だいたい、あなたたち、いったい何者なんですか」

「私は茜さんを冥土へと届ける死神です。彼女はこの世を離れる前に、最後に創さんに会いたがっているのですよ」

「死神？　私をからかっているんですか」

「からかってなどいません。信じないのなら、信じなくても構いませんが、悠長に遊んでいる時間はないのです。彼を部屋から出す手伝いをしていただけませんか」

「どこの誰ともわからない人を、依頼者の息子さんに会わせるわけにはいきません。そんな黒ずくめの格好をして。どう見ても怪しすぎますっ」

頑なに拒み、彼女は扉の前に立ちはだかる。アレクセイはそんな彼女を見やり、ため息をついた。

「仕方がありませんね。これをお見せすれば、信じていただけますか」

優美な所作で、アレクセイは中空に手を伸ばす。その瞬間、彼の手が青白い光に包まれた。

まばゆい光に、ぎゅっと目を閉じ、未来来がふたたびまぶたを開くと、アレクセイの手には異様な存在感を放つ、巨大な鎌が握られていた。

「な、なんですか、それっ……」

怯(おび)えた顔で後ずさりする彼女に、アレクセイは口元だけで、微笑んでみせる。

「死神の鎌ですよ。ご存じありませんか。ひと振りするだけで、あらゆる生き物を昇天させることのできる、『死の鎌』です」

「そ、そんな突拍子もない話、信じられるわけが……っ」

気丈にもアレクセイを睨(にら)み返す彼女に、アレクセイはぬっと鎌を近づける。彼女の頬にひたりとそれを宛てがい、彼は底冷えのするような声で囁(ささや)いた。

「試してみますか」

青ざめた彼女が、悲鳴を上げる。あまりにも大きな悲鳴に、異変を感じ取ったのだろう。扉の向こう側から、誰かが駆け寄ってくるような物音がした。

「あなたが創さんですね、こんばんは」

穏やかな声音で、アレクセイは扉の向こうに話しかける。

「な、なにをしているんだ……そんな物騒なものを持って。け、警察を呼ぶぞっ」

ドアスコープからこちらをのぞき見ているのだろうか。扉越しに、くぐもった怒声が聞こえてきた。

「どうぞご自由に。この鎌は、私が『見せたい』と考える相手にしか見えないのですよ。警察に通報したところで、彼らにこの鎌は見えません」

「なにをわけのわからないことを……っ。彼女を離せっ、異常者め」

「そんなに彼女を助けたければ、あなたが出てくればいいでしょう。私はこのとおり細身で、大して力もありません。あなたが止めればいいんじゃないですか」

煽るようなアレクセイの言葉に、創はなにも答えない。「くそっ」と低く呻き、扉を蹴り飛ばすような音が聞こえてきた。

「創さん、私のことは気にしないで。大丈夫。大丈夫だから……あなたが無理をする必要はないわ……」

震える声で、彼女が語りかける。今にも泣き出しそうなその声に、心を動かされたのかもしれない。勢いよく扉が開き、スウェット姿の大柄な男性が飛び出してきた。

いったい何センチあるのだろう。アレクセイと同じくらい背が高く、ずんぐりとした小太りの身体。肩まで伸ばした長髪に、男くさい顔だちで無精ひげを生やした彼は、『引きこもりの息子』という言葉の持つ繊細な印象とはかけ離れた、とてもワイルドな容貌をしていた。

彼はアレクセイに全力で体当たりし、彼女から引き離そうとする。けれども、日ごろの運動不足が祟ったのだろう。アレクセイに軽くかわされ、体勢を崩してみっともなく床に転がった。

「大丈夫ですか、創さんっ」

呻き声をあげる彼に駆け寄り、彼女は手を差し出す。

「やっとお会いできて、とても嬉しいです！　扉越しにはいつもご挨拶させていただいていますが、私はＮＰＯ法人『湘南フレンズ』のスタッフで小林玲奈と申し……」

差し出された玲奈の手を、創は払いのける。

「グルか。お前も、このおかしな男たちとグルなんだな⁉　妙な寸劇で、オレを部屋の外に出そうとしたんだろうっ……」

よろめきながら立ち上がり、創は室内に逃げ込もうとする。

「お待ちなさい。あなたのお母さま、松ヶ迫茜さんがあなたに会いたがっています。時間がありません。今すぐ私たちと一緒に来てください」

アレクセイに腕を摑まれ、創は絶叫のような怒号を上げた。

「ふざけるなっ！　母さんはとっくに死んだ。なんのつもりか知らないが、オレは部屋から出る気はないからなっ」

警察を呼ぶぞ、と凄まれ、アレクセイはそっけなく返す。

「ご自由にどうぞ。警察を呼べば、あなたも事情聴取のために警察署に行かなくてはならなくなりますよ」

よほど外に出るのが嫌なのだろう。創は手足をばたつかせ、全力でアレクセイの腕を振り払おうとする。

まるで手負いの獣だ。暴れ続ける彼の手足を、アレクセイは青く光るなにかで拘束した。

「なにするんだっ……」

「いったでしょう、時間がないと。茜さんが待っています。彼女のもとへ行きますよ」

そう告げると、アレクセイはひょい、と創の巨体を抱え上げる。

「放せ！」

「口も塞がれたいですか？」

「こんなの犯罪だ。訴えてやる！」

「お好きなように。訴訟をするには、弁護士との面談や出廷など、色々と外に出なくてはならない事柄が発生しますよ」

アレクセイの言葉に、創はむぐっと口ごもる。

「ちょっと待ってください。茜さんが待ってるって、いったいどこに連れていくつもりですか。創さん、嫌がっていますよね⁉」

玲奈に咎められ、アレクセイは彼女を一瞥する。アレクセイの翡翠色の瞳にまっすぐ見据えられると、玲奈の頬が真っ赤に染まった。

「来ればわかります。あなたも一緒に来ますか」

「どこへですか」

「茜さんのいる場所へ、です」

死者のいる場所。普通ならば怯みそうなのに。玲奈はぐっと拳を握りしめると、頬を赤らめながらもアレクセイを睨みつけた。

「私たちの団体は、茜さんから創さんのことを託されているんです。得体の知れないあなた方に勝手なことをさせるわけにはいきません。創さんをどうしても連れていくというのなら、私も一緒に行きます！」

「わかりました。ならばついてきてください。力を温存しなくてはいけませんし、三人まとめて運ぶのは厳しいですね。仕方がない。帰りも電車を使いますか」

「電車⁉　そんなもの、乗れるわけがっ……」

騒ぐ創をなだめるように、玲奈が割って入る。

「私、車で来ていますから、送ります。どこまで行けばいいんですか」

「上野までお願いします。恩賜公園の、黒田記念館側です」

玲奈の車で上野に戻り、茜の待つ列車へと急ぐ。

食堂車で茜と再会しても、創は驚きはしたものの、少しも嬉しそうな顔をしなかった。

「勝手なことをするな」と怒鳴り散らしている。不機嫌さをあらわにする彼をシロノとクロノに任せ、未来来はアレクセイと共に買い出しに向かうことにした。

こんなとき、クロノがいると心強い。ニコニコ顔のクロノに対面すると、たいていの人間は毒気を抜かれてしまうのだ。

苛立（いらだ）ちをあらわにしていた創も、クロノにまでは怒りをぶつけ続けることができないようだ。どんなに八つ当たりをしても満面の笑顔で応対され、段々と大人しくなってゆく。

二人ともアレクセイが死神であることにはいまだに半信半疑のようだが、一か月も前に死亡したはずの茜の姿を目の前にして、自分たちの置かれている現在の状況が、普通ではないことをようやく理解してくれたようだ。

閉鎖されているはずの地下廃駅に停車する、現役を退いたはずのブルートレインに、猫耳としっぽを生やした、愛くるしいちびっこ鉄道員たち。異様な状況に戸惑いながらも、なんとか正気を保とうとしているのが伝わってくる。

「シロノ、クロノ、お留守番、頼みますよ」

「はい。いってらっしゃい！」

にっこり微笑むクロノと、ふいっと顔を背けるシロノにその場を託し、廃駅を後にする。

茜の買い出しリストには、未来来たちがふだん利用しているスーパーには売っていない食材も多く記載されていた。輸入食材店や青果店をまわった後、駅ビル内のいつものスーパーで買い物を済ませると、アレクセイはあんみつ屋で追加の栗あんみつを購入した。

「玲奈さんの分ですか？」

「ひとつはそうですけど、残りは私の追加分です。今回は力の消費が激しそうなので」

いったいどれだけあんみつが好きなのだろう。アレクセイは四つも追加購入し、満足げな顔で廃駅に戻る。アレクセイは『死神には執着心がない』なんていっていたけれど、未来来の目には、やはりどこからどう見ても、あんみつに執着しているようにしか見えなかった。

「あれ、創さんは？」

食堂車には茜と玲奈、シロノとクロノの姿しかなかった。

どうやら創は、個室に閉じこもってしまったようだ。母親の茜とは、どんなに望んでも、あとわずかしか一緒にいられないというのに。心残りはないのだろうか。

「私、もう一度、創さんを説得してきます。実は私、どうしても彼に見せたいものがあって、持ってきているんです」

どんなに通い続けても、絶対に扉を開こうとしない創。毎回、マンションのドアノブに弁当屋の袋を引っかけて帰るだけで、玲奈も一度も彼と対面したことがなかったのだそうだ。

「見せたいもの？　なんですか」

そう訊ねた未来来に、彼女はタブレットを取り出してみせる。

「二十年近く前に放映された、創さんのお父さん、松ヶ迫拓馬さんのドキュメンタリー番組です。彼が第二の人生としてサーフアーティストの道を選んだ理由や、息子さんや茜さんへの愛が語られているんですよ。これを観たら、創さんも、少しはお外に出よう、もう一度、頑張ってみようって、思ってくれるんじゃないかと思って……」

彼女が再生ボタンをクリックすると、褐色の肌をした野性味溢れる男性が映し出された。逞しい体躯に、男らしく凛々しい顔だち。ずば抜けた美貌の彼は、顔かたちだけでなく、立ち居振る舞いにも華があり、著名な俳優かなにかのように見える。

「懐かしいわ。これ、いったいどこで……」

驚きに目を見開く茜に、玲奈が答える。

「うちのNPOの代表者の知人が、サーフショップを経営しているんですけど、その方にお願いして、松ヶ迫拓馬さんに関するものを探していただいたんですよ。その方の奥様が拓馬さんの大ファンだったそうで。この動画の他にも、雑誌の切り抜きや写真集、画集など、大切に保存していらしたんです」

画面のなかの拓馬は生き生きとしていて、この数年後に亡くなるようには見えない。

若々しく、はつらつとしたその姿に、茜はほろりと涙を溢れさせた。

「茜さんが入院前に私に託してくださった、創さんが好きだったメーカーのスケッチブックと色鉛筆も持ってきているんです。なんとかして、今日こそ彼にこれを渡したいと思います」

力強い声でそういうと、玲奈が席を立つ。

突然、こんな非日常的な状況に巻き込まれたのに、彼女は戸惑いよりもNPOスタッフとしての使命に燃えているようだ。その行動力に、未来来は圧倒されてしまいそうになった。

「玲奈さんって、凄く熱心な方ですね……」

「そうなの。お仕事との両立でとても忙しいはずなのに。私の病室にも、何度も報告を兼ねて、お見舞いに来てくださって……」

どれだけ感謝してもしきれないわ、と彼女は涙混じりに呟く。

「創さんの説得は彼女に任せて、その間に、おれたちは料理を作りましょうか。創さん、きっとお腹を空かせているはずです」

玲奈が用意した創の晩飯は、アレクセイが没収した。空腹が限界に達すれば、創は耐えきれず、個室から出てくるのではないだろうか。

茜と共に厨房（ちゅうぼう）に立つ。心なしか、ふだんより車両の揺れが激しいようだ。

「もしかして、遠くまで移動しなくちゃいけないから、飛ばしてるのかな……この列車、どこに向かう、とか、アレクセイさん、なにかいってました?」

珍しくアレクセイは厨房についてこなかった。茜にそう訊ねると、彼女は「オアフ島よ」と答えた。

「オアフ島……それって、えっと……」

聞いたことがあるような気がするけれど、未来来には具体的な場所が思い浮かばない。

「ハワイ州の州都がある島よ。ホノルルマラソンって聞いたことない? あれをやる島なの」

ハワイといえば、陽一がしょっちゅうアロハシャツの買いつけに行っている場所だ。それで聞き覚えがあったのかもしれない。

「それって、めちゃくちゃ遠いんじゃないですか」

「遠いわね。飛行機でも七時間以上かかるから……」

直線距離で六千六百キロもあるのだそうだ。もし仮に新幹線なみの速度で走行したとしても、三十時間もかかる。それを数時間で移動するなんて。途中でワープでもする気だろうか。

オアフ島との時差は、十九時間。日本が深夜になるころには、向こうは夜が明け始めるのだという。

「日本より五時間早く夜が明けるってことですね。その五時間を稼ぐために、アレクセイさんはそんなに遠い場所まで移動しようとしているんですか」

「私が頼んでしまったの。海外でもどこでも行けますよっていってくれたから、それなら想い出の地に、連れていってもらおうと思って……。なんでもないことのようにいうから、彼にとっては簡単なことかと思ってしまったんだけど……」

アレクセイのことだから、きっといつもの飄々とした顔で「できますよ」と請け合ったのだろう。

茜たちは長いことオアフ島で暮らしていて、創の小学校入学を機に、日本に戻ってきたのだという。その後も年に数回は渡航し、彼ら一家にとって、とても思い出深い土地なのだそうだ。

「創の大好きな、ウミガメがたくさんいる島だから」

家から一歩も出ることができなくなってしまった創。彼にもう一度、美しい海とそこで暮らすウミガメを見せてあげたい。彼女はそう願ったのだそうだ。

アレクセイのことが心配だけれど、彼女の願いの切実さも理解できる。

引きこもりの息子を遺して死ぬ。それは親にとって、どれだけ辛いことなのだろう。息子の将来が心配で、きっと旅立とうにも旅立つことができないのだと思う。

「特別な力を持つアレクセイと違って、おれにできることは、料理作りのお手伝いをすることくらいです。おいしい朝ごはんを作って、創さんに出てきてもらいましょう」

未来来の言葉に、茜は涙ぐみながら頷いた。

「ちなみに、なにを作るんですか」

茜の買い物リストには、ふだん未来来が使わないような謎のものが羅列されていた。輸入品のコンビーフの缶詰にパプリカ、大量のパクチーに、フレッシュバジルやシナモン。

「コンビーフハッシュとオムレツ、フレンチトーストよ」

「コンビーフハッシュって、どんな食べ物ですか」

「コンビーフとジャガイモを炒めたものよ。アメリカでは定番の朝食メニューなの」

ジャガイモを洗い、皮を剝きながら茜は答える。

「未来くん、フレンチトースト用の卵液、作ってくれる？」

「あ、はい」

フレンチトーストなんておしゃれな食べ物、初めて作る。そもそも、食べたこともない。

「高級ホテルで出されるようなフレンチトーストはね、生クリームを使ったり、卵液にひと晩じっくり浸け込んだりするみたいだけど、ウチのはあくまでちゃちゃっと作る家庭料理だからね。牛乳と卵を混ぜてパンを入れたら、冷蔵庫で冷やして、十分くらいで焼いちゃう。しみ込みが浅いほうが、あっさりしていておかずと合うのよ。ちなみに、砂糖も入れないの」

「浸して焼くだけ？　そんなに簡単にできるものなんですか？」

「ええ、そうなの。覚えておくといいわ。女の子に作ってあげると、すっごく喜ばれるから」

女の子に朝ごはんを作ってあげるシチュエーション。永遠に来なさそうな気がするけれど、甘いもの好きなアレクセイやシロノは、喜んで食べてくれるかもしれない。

「コンビーフハッシュとオムレツは私が作るから、未来くん、スープ作りとフレンチトーストを焼くの、お願いできるかしら」

「あ、はい。スープは、どういう味つけがいいとか、ありますか？」

「お任せするわ。創、オニオンスープが好きなの。できれば玉ねぎを入れてちょうだい」

「わかりました。玉ねぎの入ったスープですね。オニオングラタンスープでもいいですか」

「あら、未来くん、オニオングラタンスープ、作れるの？」

「この前、リクエストされて作り方を覚えたんです。ネットで調べたレシピを、自己流にアレンジしたものですけど。それでもよければ」

「自己流大歓迎よ。私もスープは計量しないで、あり合わせのもので、さっと作るだけだから」

料理歴数十年、プロとしての経験値も高そうな茜の『さっと作る』と、未来来の自己流には雲泥の差がありそうだけれど、せっかく任せてくれているのだから、できるかぎりおいしく作れるよう頑張るしかない。

「食パンの残り、使わせてもらいますね」

玉ねぎを炒めながら、にんにくとバターを塗った食パンを、オーブンでカリっと焼き上げる。調理時間を短縮するため、事前にレンジで加熱し、強火で一気に炒めた玉ねぎ。そこにハムを加え、顆粒のコンソメで炊き上げる。

玉ねぎがトロトロになったら、耐熱容器に注いで焼きたてのパンとチーズをのせ、オーブンで表面をこんがりと色づくまで焼いたら完成だ。

「未来くん、さすが手際がいいわね」

「あ、いえ……茜さんと比べたら、足元にも及ばないです」

「まあ、お世辞いっても、なにも出ないわよ」

「お世辞なんかじゃなくて、本当に凄いですよ」

以前、昴と厨房に立ったときにも感じたけれど、料理歴の長い、料理の得意な人の手仕事を見るのは、それぞれ個性的でとても勉強になる。

海外在住歴の長い茜の料理は、特に未来来の目から見て、新鮮な驚きばかりに感じられた。

「わ、コンビーフってそんなに油が出るんですね」

「市販のコンビーフはどうしても脂分が多いからね。フライパンに油をひかずに投入して、コンビーフから出た油でジャガイモを揚げ焼きするのよ」

ハッシュというから、マッシュポテトのように潰すかと思ったのに。ざく切りにしたイモを、下茹でせずにじかにフライパンで揚げ焼きするのが、彼女のレシピなのだそうだ。

じゅっとジャガイモの焼ける音と、肉と油の混じり合った香ばしい匂い。そこにコショウをたっぷりと挽き、みじん切りにしたレッドオニオンと山盛りのパクチーを投入する。

「朝から凄いボリュームですね」

「早朝からサーフィンをすると、お腹が空くからね」

茜は日本に移住してからも、湘南の海で波乗りを続けていたのだそうだ。

こんなにボリュームのある料理を食べているから、創は引きこもりなのに、あんなに立派な体格をしているのかもしれない。

オムレツはパプリカやほうれん草、マッシュルームを炒めて具にした、ベジタブルオムレツだった。チェダーチーズとバジルを加え、卵を流し込んで焼き上げる。ソースはオリーブオイルで熱したにんにくにフレッシュトマトと鷹の爪を加え、軽く煮込んだトマトソースだ。

「未来くん、そろそろフレンチトーストを焼いて。仕上げにかかるわよ」

「あ、はい」

フライパンにバターを熱し、卵液に浸したパンを焼く。ふわりと立ちのぼる牛乳の優しい香り。こんがり焼き色がついたら、シナモンパウダーを振り、メイプルシロップを添えて完成だ。

「フルーツを載せたり、生クリームをトッピングしたりしないんですね」

「しないわよ。あくまでも主食だからね。フレンチトーストもパンケーキもシンプルがいちばんなの」

できあがった料理は、どれもとてもおいしそうだった。あたたかいうちに食べさせてあげたいのに、食堂車には創の姿がない。アレクセイやシロノもおらず、がらんと無人のままだ。

「冷める前に、連れてこなくちゃ」

食堂車を飛び出し、未来来は創が立てこもり中のA寝台個室ロイヤルに向かう。

個室の扉の前では、玲奈が必死の説得を続けていた。

「玲奈さん、ずっとここで説得を続けていたんですか」

「創さん、本当に手ごわいんです。どんなに頑張っても、扉を開けてくれなくて……」

「NPOって、確か非営利ってことですよね。ボランティアで、毎日こんなことをされているんですか」

「昔、私も不登校だった時期があって。他人事とは思えないんですよ」

快活そうに見える玲奈が不登校。意外な感じがするけれど、高校二年生の一年間、彼女は学校にほとんど行けなかったのだそうだ。

幼いころから有名なテニススクールに所属し、プロを目指していたが、肘を故障してテニスができなくなり、そのショックで学校にも行けなくなってしまったのだという。自棄になってなにもかも捨てようとした彼女を、担任の先生が根気よく見守ってくれたのだそうだ。

真摯に寄り添ってくれた先生のように、自分も誰かの役に立ちたい。その一心で再起し、一年遅れで大学に入って教師を目指したが、採用試験に二年連続で落ちてしまい、現在は非常勤講師をしながら浪人中の身なのだという。

創を傷つけ、筆を折らせた教師たち。そんな教師がいる一方、こんなふうに生徒の味方になりたい、と心から願っている教師志願者も存在しているようだ。

「創さん、開けてください。ごはんが冷めてしまいます。茜さんの手料理を食べられるのは、今日が最期なんですよ！」

未来来も呼びかけてみたけれど、扉の向こうはシンと静まり返ったまま、なんの反応もない。どうしよう。こうしているうちにも、料理はどんどん冷たくなってしまう。

「シロノ、彼を連れてきてください」

背後から聞こえてきた声に振り返ると、そこには疲れた顔をしたアレクセイと、猫型のシロノの姿があった。「みゃー」と可愛らしく啼き、シロノは壁に向かって軽やかに飛込んでゆく。目の前で壁を通り抜けたシロノに、「今のなんですかっ」と玲奈が驚きの声を上げた。

「うわ、な、なんだ、お前。やめろっ！」

扉の向こうからも、悲鳴が聞こえてくる。直後、扉が開き、人型になったシロノが創を引っ張り出してきた。

「わ、ダメだよ、シロノ。無理強いしたら、自殺されちゃう」

慌てふためく未来来に、アレクセイは冷ややかな声で言い放つ。

「彼にはそんなこと、できやしませんよ」

母親が死亡し、誰もいない家に一人きり。本当に自殺願望のある者なら、将来を悲観し、とうに自殺しているはずだとアレクセイはいう。

「死にたくないけれど、外には出たくない。そうですよね？」

アレクセイに問われ、創は唇を噛みしめてうつむいてしまった。

「だいたい、死にたいと思っている人間は、食べ物を食べません。食べなければ死ねるんですから。彼は毎日、茜さんが仕事に出かけていった後、食料を漁っていたのでしょう？」

確かにアレクセイのいうとおりだ。本当に死にたいと感じているのならば、とっくに食べるのをやめている。それでも毎日、こんな体型になるまで食事をするのは、彼自身、生きたいという気持ちが残っているからなのだろう。

「じゃあ食べないっ……」

大きな図体と不釣り合いに、拗ねた子どものように創は叫ぶ。

「食べたくないのなら、食べる必要はありません。ただし、そのことを直接、茜さんに自分の口で伝えなさい。彼女は現世に留まることのできる残り少ない貴重な時間を、あなたの料理を作るために費やしたのです」

アレクセイはそういうと、がっしりした創の身体をひょいと抱え上げる。喚き散らす彼を、強引に食堂車に連行した。


創を椅子に下ろすと、アレクセイは眉間を押さえてふらついてしまう。倒れかけた彼を、未来来より先に玲奈が素早く支えた。彼女の頬が真っ赤に染まっている。相当、アレクセイにまいってしまっているようだ。

「大丈夫ですか」

「問題ありません……」

アレクセイはいつもどおりのツンとした表情でそう答えたけれど、あまり大丈夫そうには見えない。冷蔵庫にあんみつを取りに行くという彼を、未来来は慌てて引き留めた。

「あんみつもいいですけど、たまには料理も食べたほうがいいです。顔、真っ青じゃないですか。せめて、スープだけでも飲んでください。血行がよくなりますから」

茜は創のぶんだけでなく、みんなで食べられる量の料理を作ってくれた。未来来も全員ぶんの、フレンチトーストやオニオングラタンスープを作ったのだ。

もしかしたら、抗う気力さえないのかもしれない。アレクセイは創たちの座るテーブルの向かいの席に座り、けだるげな顔で、スプーンですくったスープを口に運んだ。

「このスープ、あなたが作ったのですか」

アレクセイに問われ、未来来は頷く。

「どうしてわかるんですか」

「大河の、味がします」

アレクセイの表情がふわりとほどける。未来来の作ったオニオングラタンスープを気に入ってくれたのかもしれない。嬉しい反面、またもや『大河の味』といわれたことに、複雑な気分になった。

『あんみつ』、『大河』。その二つだけが、いつだってアレクセイの表情をやわらかくする。アレクセイにとって、未来来は単なる代打でしかないのだ。大河と似た味の料理を作れるだけの、ただの代打。

シロノはいつも、未来来に『誕生日が来るまで我慢。十八歳になったら、アレクセイが殺して、元の大河に戻してくれる』と謎の言葉を吐き続けている。

もし未来来が本当に、大河という死神の生まれ変わりで、十八歳の誕生日に、アレクセイに殺されることになっているのだとしたら、未来来はあと、五か月しか生きられないということになる。

本当に、自分は大河の生まれ変わりなのだろうか。アレクセイは自分を殺すつもりでいるのだろうか。先刻見せられた死神の鎌を思い出し、無性に不安な気持ちになった。

「お飲み物はなにになさいますか」

シロノが創に話しかける声で、未来来は我に返った。慌ててシロノと共に、飲み物を用意する。

「未来くんとシロノくんも、どうぞ召し上がれ」

茜に勧められ、未来来はアレクセイの隣の席に腰を下ろした。アレクセイの向かいにはすでに玲奈が着席していて、茜の作ったオムレツやコンビーフハッシュを彼に勧めている。どんなに勧められても、彼はスープとフレンチトースト以外の食べ物を口にしなかった。

「無駄だ。アレクセイは、大河の作った料理以外、食べない」

そんな玲奈を見やり、シロノがぼそりと呟く。

「こんなにおいしそうなのに」

茜の作ったコンビーフハッシュをひとくち食べてみる。ぎゅっと旨味(うまみ)の凝縮されたコンビーフとカリッと揚げ焼きしたジャガイモ。濃厚な味わいに、パクチーの風味が新鮮なアクセントになって、やみつきになりそうなおいしさだ。

「思ったより脂っこくないんですね」

「ここのコンビーフはね、加熱するとたくさん脂が出る割に、お肉自体は赤身だし、そんなに脂っこくないの。塩とスパイスの配合も絶妙で、肉本来の味わいがしっかり感じられるのよ。ふだんは自家製のコンビーフを使っていたんだけど、今日は時間的に難しかったから、缶詰のなかでも、いちばん自家製に近いものを使ったの」

「コンビーフって家で作れるモノなんですか」

「作れるわよ。十日くらいかかるけどね」

「十日もかかるんですか⁉　凄いですね……」

高校をやめて引きこもっても、顔さえ合わそうとしなくても、そんな息子のために、彼女はせっせと食事を作り続けていたのだ。十年もの長い期間にわたって。十日もかかる手の込んだコンビーフを自作し、心をこめて作り続けていた。

むっつりと押し黙ったままの創が、空腹に耐えかねたのか、やっとフォークに手を伸ばす。彼はコンビーフハッシュを頬張ると、なにかをこらえるように、ぎゅっと目を閉じた。

ひとくち、またひとくち、黙々と食べ続ける。苦しげなその表情を見ていられなくなって、ふと視線を窓の外に向けると、きらびやかな夜景が視界に飛び込んできた。

「わ、めちゃくちゃきれいな夜景ですね！」

海岸線に沿って無数にちりばめられた、星々の輝きのような夜景。思わず身を乗り出した未来来につられ、玲奈も車窓をのぞき込む。

「凄いですね。創さんは、いつもこんなにきれいな夜景を見ていたんですか」

玲奈に問われても、創はなにも答えようとしない。代わりに茜が答えた。

「ワイキキに滞在するときはね。私たちが暮らしていたノースショアは、同じオアフ島でもこんなふうに栄えていないから。夜は真っ暗になるのよ」

茜のいうとおり、ホテルやリゾートマンションの立ち並ぶワイキキを離れ、北上するにつれて光がまばらになってゆく。食後のコーヒーを飲み終わるころには、あたりは外灯さえまばらで、深い闇に包まれていた。

「食べたから。もういいだろ」

そういって、創は立ち上がる。

「創さん！」

未来来の制止を無視して、創は食堂車を出ていってしまった。

「いいのよ、未来くん。ちゃんと私の料理を食べてもらえたんだから」

茜はそういって目を伏せる。テーブルの上の皿は、すべてが空っぽになっていた。大量にあった料理を、創はひとつ残らず平らげたのだ。

「息子がごはんを食べるところを見たの、十年ぶりなの。最期に見ることができて、とっても幸せだったわ。あなたたちには、心から感謝してる」

茜はそういって、声を震わせた。

「創さんの個室の鍵を開けましょうか」

アレクセイの申し出に、茜は小さく首を振る。

「そんなこと、しなくていいわ。無理にこじ開けても、意味がないの。彼自身が、自分で外に出ようと思ってくれなくちゃ、なんの意味もないのよ」

確かにそのとおりだ。この先、毎日アレクセイが彼の家の扉をこじ開けに通うわけにはいかない。そもそも扉を開けたところで、創自身が外に出て、なにかをしようという気持ちがなければ、どうにもならないのだ。

「空が白む前に、片づけをしてくるわ」

「あ、いえ。おれがやりますから。茜さんは休んでいてください」

そう告げたけれど、茜は空になった皿を手に、厨房に向かおうとする。

「手を動かしているほうが、気が紛れるのよ」

そんなふうにいわれてしまうと、未来来にはどうすることもできなかった。

彼女と共に、黙々と皿を洗う。

母親である彼女が、どんなに寄り添おうとしても、心を閉ざしたまま、決して開こうとしない息子。そんな息子のために、彼女はこの十年間、ひたすら料理を作り続けてきたのだ。そう思うと、無性に胸が苦しくなった。

「創が引きこもりになったのはね……私たちのせいなのよ」

ぽそりと呟かれた言葉。未来来は洗い物をする手を止め、茜に視線を向けた。

「どうしてそんなふうに、思うんですか？」

「父親は世界的に有名なプロサーファーで、母親も世界ランク上位のプロボディボーダー。そんな夫婦の間に生まれてきたら、どうしたってプレッシャーに押し潰されてしまうわ。周りの人たちは創の顔を見るたびに、『将来が楽しみだ』っていい続けたの。彼はきっと、恨んでいるのよ。こんな両親のもとに生まれてきたことを。日本に移住して、やっとその呪縛から放たれたと思ったら、今度は自分の父親のことで、教師から執拗に侮辱されて……私たちのことが憎いから、創は……」

涙混じりに訴える茜に、未来来は静かに首を振った。

「違うと思います。もし本当にあなたたちのことを嫌っていたら、父親と同じことをしようなんて、思わないはずです。両親とはまったく違う道を、歩もうとすると思います」

「違う道を選びたいから、絵を嫌いになったんでしょう」

「創さんは絵を嫌ってなんかいませんよ。ごはんを食べてるとき、ずっと窓の外の景色を眺めていた。真剣に眺めて、たぶん無意識だと思うんですけど……机になにか描いていました」

最初、未来来には彼がなにをしているのかわからなかった。じーっと景色を眺めては、ナイフを置いて、指先を机に走らせる。絵を描いているのだ。構図を考えているのだ。そのことに気づいたとき、未来来は無性に胸が苦しくなった。

未来来は今のところ、店で出した料理に、文句をいわれたことはない。

だけどそれはたぶん、単に未来来が極端に若いせいだ。「若いのに頑張っていて偉いね」その一点で、未熟さを許してもらえている。

創が傷つけられたのは、今の未来来よりも年下だったころだ。その若さで精いっぱい自分の作り上げたものを、大人たちに酷評される。自分だけでなく、心から尊敬していた父親のことまで執拗に蔑まれる。それはどれだけ辛いことだっただろう。

もちろん、それを乗り越えなければ、芸術で食べていくことなどできないのだと思う。だけど、親のことを悪くいわれることほど、子どもを深く傷つけるものはないのだ。

『十五で身ごもったふしだらな女』『男に狂って子どもを捨てた、ろくでもない女』

親類たちが母を罵る言葉を思い出すたびに、未来来は抑えきれない怒りに苛(さいな)まれる。

創の気持ちが、痛いほどわかる。怖くて、辛くて、外に出られない。出たくても、お腹が痛くて、苦しくて動けなくなる。きっと創も、未来来が学校に行けなくて苦しんでいたあのころと同じ痛みを、抱えているのだ。そのせいで、外に出られなくなっている。

「行きましょう。創さんのところに。茜さんは悪くない。なにも、悪くないです。だからどうか、一分一秒も、無駄にしないで。少しでも多く、創さんのそばにいましょう。扉に隔てられていても、声は届きます。だから、創さんのそばに」

上野駅の構内、必死で母の姿を探したときのことを思い出す。

別れの言葉もいえないまま、離ればなれになった。捨てられたのだとわかっていても、その事実を受け入れることができなかった。

この親子は、ちゃんと逢えるのだ。物理的に同じ空間にいて、声を届けることができる。たとえ返事がなくても、ちゃんと伝えられる。

茜の手を引き、創の立てこもっているA寝台個室の前に向かう。扉の前には、必死で創を説得する玲奈の姿があった。

茜に気づくと、彼女は扉から離れ、その場所を譲る。茜は小さく深呼吸し、震える拳で扉をノックした。

「創。お願い。最期にあなたと話がしたいの。なんでもいい。恨み言でも、なんでもいいの。お願いだから、あなたの気持ちを訊かせてちょうだい」

切実な茜の問いに、創はなにも答えない。静まり返った廊下に、茜の声だけが響いた。

しばらく話しかけ続けた後、彼女は疲れ果てたようにその場にへたり込む。そして、掠れた声で、歌を歌い始めた。

なんの歌だろう。とても優しくて、たゆたう波のようにゆったりした曲だ。どこの言葉かわからない、不思議な言葉の歌。もしかしたら、ハワイの歌なのかもしれない。

彼女はなんの反応も示さない息子に向けて、ひたすら歌を歌い続けた。

段々と空が白み始める。針金のように細い月が、白くぼやけてゆく。

夜が明けるのだ。太陽の姿を探したけれど、まだどこにも見ることができない。それどころか、空は分厚い雲に覆われ始めた。

「これじゃ、日の出、見えないのでは……」

ぽつり、ぽつり、と雨粒が窓を叩く。アレクセイが力を振り絞ってせっかくここまで来たのに。茜の願いは叶わないまま終わってしまうのだろうか。

曇天の下、きれいな海を見ることもできず、創を立ち直らせることもできないまま、彼女は旅立たなくてはならないのだろうか。

「どうか、やみますように」

気づけば、未来来は手を合わせていた。神さまなんて信じていないけれど、なんとかして晴れて欲しい。きれいな海を見て、創にもう一度頑張ろうって思って欲しい。

頑張れない自分を棚上げして、祈らずにはいられなかった。

雨が激しく、窓ガラスを叩く。どこにも太陽の気配はなくて、だけど空の色は確実に薄くなってゆく。夜が明けるのだ。二人が一緒に過ごせる時間は、もうわずかしかない。

我慢できなかった。未来来は飛び上がり、扉に突進する。

「開けてください、創さん。開けて！」

全力でぶつけた肩が、壊れそうに痛い。だけど止まらなくて、未来来はもう一度、勢いよく突進した。

「馬鹿なことはおやめなさい。何度いえばわかるのです。あなたの魂は、あなただけのものじゃない」

背後から抱きすくめられ、引き剝がされる。冷たい手のひらが、頰に触れる。幼いころ、ふらふらと駅のホームに吸い寄せられたときのことが、脳裏をよぎった。

「退(ど)きなさい」

冷たい手のひらの持ち主、アレクセイに命じられ、未来来は扉から離れた。へたり込んでいる茜も退避させ、彼は扉に手をかける。

「わ、ダメですよ、アレクセイさん。無理に開けたりしたらダメ……！」

未来来の制止を無視して、アレクセイは強引に扉を開く。

開け放たれた扉の向こう。大きな身体を丸めるようにして、膝を抱える創の姿があった。みっともなくて哀れで、それは未来来の目に、そっくりそのまま自分自身のように見えた。

外の世界に出られない。でも死にたくない。

どうすることもできず、ただ膝を抱えることしかできない。同じ場所でうずくまって、一歩も先に進めないまま、月日だけがひたすら流れてゆく。

数年後の自分を見ているみたいで、未来来は恐ろしくてたまらなくなった。

ひくっとしゃくり上げた創の荒い呼吸に、ハイケンスのセレナーデが重なる。愛らしい車内チャイムに続き、シロノのおはよう放送が流れた。

「おはようございます。ただいまの時刻は現地時間、午前六時二十分。ロビーカーにてモーニングコーヒーのサービスがございます。ご希望のお客さまは六号車までお越しください」

「コーヒーの時間です。行きますよ」

アレクセイはそう告げると、創の身体を担ぎ上げる。担がれた創は、暴れる気力もないのか、ただ、されるがままに運ばれていった。

ロビーカーの扉を開き、茜と創を、海を一望できる座席に案内する。

むっつりと押し黙ったままの創と、疲れ果てたように脱力する茜。そんな二人に、玲奈はタブレットを差し出した。

「観てください、これ。創さんに観て欲しくて、持ってきたんです」

再生ボタンを押すと、画面いっぱいに、若かりし日の、松ヶ迫拓馬の姿が映し出される。

創は眉間にしわを寄せ、彼女からタブレットを奪おうとした。

「そんなもの、やめろっ」

「いやです。観てください。どうしても、あなたに観ていただきたいんです。この番組には、お父さまからあなたへの愛が、たくさん込められているんですよ」

プロ生活を引退し、日本に拠点を移した後の、松ヶ迫拓馬の日常を追いかけたドキュメンタリー番組だ。まだ茜がカフェを開業する前の映像なのだろうか。彼は江ノ島の近くにサーフショップを開き、後進の指導に当たりながら、波乗りをし、絵を描いて暮らしていた。

請われれば、サーフ雑誌だけでなく、ファッション雑誌のグラビア撮影やバラエティ番組のゲスト、どんな仕事も引き受け、雑誌の挿絵からウォールアートまで、様々な場所に、絵を描く。

『引退後、タレントに転向されたことに対する批判もあるようですが、そのことについて、どう思われますか。松ヶ迫さんの年齢なら、現役に留まることも、できたと思うのですが』

インタビュアーの言葉に、拓馬はニッと笑ってみせる。こんがりと焼けた肌に、白い歯がとてもまぶしかった。

『いいたいやつには、好きなようにいわせておけばいい。確かに故障や加齢による衰えを感じながらも、できるかぎり長く現役で居続ける道もある。だけどその道を選べば、一年の大半を、家族と離れて暮らさなくちゃいけなくなるし、これ以上、腰の具合が悪くなれば、趣味で波乗りをしたり、息子を抱き上げてやることさえ、できなくなっていたかもしれない。俺はそこまでして、世界の頂点に立ち続けたいとは思わないんだよ。好きなときに波に乗って、大切な家族と一緒にうまい飯を食って、楽しく笑い合って暮らしていきたいんだ。俺にとって、それ以上に幸せなことなんか、存在しないんだよ』

タブレットから聞こえてくる拓馬の言葉。創がびくっと身体をこわばらせるのがわかった。

『芸能活動と並行して、アーティストとして活動されていることにも、一部の批評家は否定的な意見を述べていますよね。「実際の価値以上に評価されている」と批判されていることについて、どう思われますか』

『別に、なんとも思わねぇよ。俺は自分の描きたいものを、描きたいように描く。それを見て、「くだらない」「稚拙だ」と思う人間がいても、それはそいつの価値観だ。すべての人によい評価をしてもらおうなんて、ハナから思っちゃいない』

『「タレントが芸術家の真似事(まねごと)をしている」といわれても、気にならないですか』

『ならねぇな。どんなに酷評されても、俺の絵が「好きだ」っていってくれる人もいる。だいたい俺の絵は、元々、どこぞのお偉いさん方に評価してもらうために描いたものじゃない。息子を笑顔にするためだけに、描き始めたものなんだ』

『息子さんを、笑顔に?』

『ああ。ちっとも笑わない息子でな。だけど俺が絵を描くと、笑ってくれるんだ。カメや魚の絵を描いてやるとな、心底嬉しそうに、にこーっと笑うんだよ。満面の笑顔でな。その笑顔があんまり可愛いもんで、俺は波乗りしていない時間は、日がな一日、絵を描くようになった。一枚描くたびに、息子が笑ってくれる。あの笑顔を見るためなら、俺は、どんなことだってしたいと思ったよ』

「父さん、だからオレに、あんなにたくさん絵を描いてくれたんだ……」

生前、拓馬は息子に、絵を描くようになった理由を伝えていなかったようだ。創は目を見開き、掠れた声で呟いた。

『なるほど。それで、海の生き物を描いた絵が多いんですね』

インタビュアーの言葉に、拓馬は豪快に笑う。片頬に浮かぶえくぼ。男くさくて凛々しい顔つきなのに、子どものように無邪気な笑顔だ。

『そういうこと。俺の絵は元々、全部あいつへのプレゼントだったんだよ。海で生まれ育ったあいつに、海や空、海の生き物の絵を描く。まあ、最近は仕事で、グラマラスな美女の絵なんかも描くけどな。あれは、あくまで仕事だから。そういう絵を描くことで、女房子どもにうまいもんを食わせてやれる。俺の絵はさ、そもそも芸術なんて高尚なモンじゃねぇんだよ。単に、家族を笑顔にしたい。うまいもんを食わせてやりたい。それだけが、俺が絵を描く理由なんだ。絵を描くのも、波乗りと同じくらい楽しいしな』

「オレへの……プレゼント……。父さん、そんなふうに思いながら、絵の仕事をしていたんだ……」

見開かれた創の瞳が、みるみるうちに潤んでゆく。彼はぎゅっと唇を噛みしめ、真剣な表情でタブレットのなかの父親の姿を見つめた。

『息子さん、そんなに可愛いんですか。今回、絶対に番組には出さないで欲しい、ということですけど……』

『当然だろ。この先、どういう道に進むかどうかわかんねぇのに。勝手に全国ネットで顔を晒したりしたら、ダメだろ。あいつの可愛さは、俺と嫁だけがわかってりゃいいんだ』

『お名前も、出されないんですね』

『「元プロサーファーの松ヶ迫拓馬の息子だ」って事実が、あいつの人生の枷になっちまうことのないよう、気をつけてやりたいんだよ。うっかり息子の名前を放送したりしたら、ただじゃおかねぇからな』

凄むようにいわれ、インタビュアーはたじろぐ。

『しませんよ、そんな恐ろしいこと。なんというか……松ヶ迫さんは、そういう一途で家族想いなところが、余計にファンの支持を集めているんでしょうね。日本ではどうしても、以前はサーファーというと、チャラチャラしているというイメージがありましたから』

『本気で波乗りしてる人間に、チャラついてる暇なんかねぇよ。どんな世界だってそうだろ。本気のやつらは、みんなストイックだし、支えてくれる家族を、ちゃあんと大事にしてる』

ひくっと茜がしゃくり上げる。生前の彼のことを思い出してしまったのだろう。震える彼女に、玲奈がそっとハンカチを差し出した。

『それではここで、サーファーアーティストとしての松ヶ迫拓馬さんの、代表作をご紹介します』

画面が切り替わり、拓馬の作品が映し出される。鮮やかな原色で描かれた海の絵。撮影当時拠点にしていた江ノ島を描いたものもあるけれど、やはり南国をイメージさせる絵が多い。

青い海と空、ウミガメやサーフボード、そして虹をモチーフにしている作品も多いようだ。次々と映し出される拓馬の作品を、創は食い入るように見入っている。

「オレが見たことのない、絵もある……」

「そうね。あの人は多作だったから……。頼まれれば、どんな絵でも描いたからね」

創だけでなく、茜でさえも、見たことのない絵が、たくさんあるのだそうだ。

「やっぱり虹の絵がいいな。こんな色の虹は、父さん以外には、誰にも描けない」

創の言葉を受け、玲奈は一時停止ボタンをタップする。創はタブレットに顔を近づけ、隅々まで父親の描いた虹の絵を鑑賞した。

真っ青な空にかかる、二重の虹。それは、拓馬が特に好んで描いたモチーフなのだという。

「あ、虹だ……！　凄い、窓の外にも、二重の虹が出ていますよ！」

思わず叫んだ未来来につられ、創たちも窓の外に目を向ける。雲の狭間(はざま)から漏れる幾筋もの光のカーテン。その光に照らされるように、西の空に淡い二本の虹が浮かんでいた。

「Double rainbow」

創が呟く。その呟きが日本語とはまったく違う発音で、未来来は目を瞬かせた。

無意識に発した言葉なのだろうか。小学校入学までハワイで暮らしていた彼にとって、もしかしたら、今でも英語のほうが自然に出てくる言葉なのかもしれない。

「ダブルレインボー。幸せの予兆、ですね。迷いや苦しみのときが終わり、新たな道を歩む『旅立ち』のサインです」

「そうなんですか?」

「ええ、そうですよ。とても縁起のよいものだと、聞いたことがあります」

アレクセイの言葉に、茜が小さく頷く。

「ハワイでもダブルレインボーは吉兆とされているわ。この虹を見ると、いいことがあるって言い伝えがあるの。だからあの人は、二重の虹を描き続けたのよ。自分の絵が、幸せをもたらしてくれますように。誰よりも、息子を幸せにできますように。その想いが、彼の絵には込められていたの」

　創の指先が、机をなぞる。未来来はその動きを見逃さなかった。

「創さん、描きたいんじゃないですか。絵、本当は描きたいんですよね？」

「描きたくなんかないっ……」

　両手を引っ込め、創は窓から目をそらす。そらしながらも、美しい虹が気になって仕方がないようだ。

「今描かなくちゃ、消えちゃいますよ。虹はすぐに消えちゃう、儚いものなんですから」

「そんなこと、お前にいわれなくたってわかってる」

　憤る彼に、玲奈がすかさずスケッチブックを差し出す。入院前、茜が購入して玲奈に託したもの。創に扉を開かせるため、彼女はずっとこれを持ち歩いていたようだ。

「今描かなくちゃ、この虹は、二度と見られません」

　朝焼けや夕焼けと同じ。虹も、同じ色や形をした虹なんて二度と見られない。ましてやダブルレインボーなんて、それだけでとても珍しい現象だろう。

　しかもこれは、二重の虹を描き続けた、松ヶ迫拓馬のドキュメンタリー番組を観ている最中に現れた虹だ。創にとって、より特別な意味を持つのではないだろうか。

　拳を握りしめ、震え続ける創の手のひらに、そっと茜が色鉛筆を差し出す。

　赤色。虹のいちばん上の色だ。ためらいながらも、創は手を伸ばした。震える彼の指が、おずおずとそれを摑む。彼が色鉛筆を走らせると、スケッチブックに優しい色合いの虹がかかる。二つ並んで輝く虹。朝日を浴びたそれは、ため息が出るほど美しかった。

窓の外に見える虹と、スケッチブックに描かれた虹、そしてタブレットに映し出された、拓馬の描いた虹。どれも同じくらい、美しく輝いて見える。

幾重にも折り重なる雲と、雲の狭間から差し込む光の筋。薄桃、橙、黄色、薄紫、黄、刻一刻と変わってゆく空の色を、陰影を、創は紙の上に落とし込んでゆく。

「凄い……」

この十年。本当に、彼は描くのをやめてしまっていたのだろうか。茜が気づかないだけで、描き続けていたのではないだろうか。

迷いのない、彼の筆づかい。未来来はそう思わずにはいられなかった。

「鉛筆を握らなくても、きっと、いつだって描き続けていたんだ……」

指が机をたどる、あの仕草。いつだって彼は、自分の頭のなかにある絵を描き続けていた。描かずにはいられなかった。

どんな言葉で傷つけられても、絵を嫌いになることなど、できなかったのだ。

「ノースの海。もう、二度と見られないと思ってた」

二重の虹のかかった空の下、朝日を浴びて輝く海が、スケッチブックに描かれてゆく。

彼ら親子が、心から愛していた美しい海だ。

「見られるわ。飛行機に乗れば、七時間ちょっとで着くんだもの。あなたは生きているんだから、これからだって望めばいくらでも見られる。いつでもこの海に来られるのよ」

茜の言葉に、創はぎゅっと拳を握りしめる。

「母さんは、もう見られないんだね……」

苦しげに掠れた声で、創は呟く。一緒に過ごすことができたはずの、十年間。創は部屋に閉じこもり、彼女を拒絶し続けたまま、別れの日を迎えてしまった。

そのことを、悔いているのだと思う。固く握りしめた彼の拳は、自身への怒りと後悔に震えているかのように見えた。

伏せたまつげが、ふるふると震えている。彼はひくっとしゃくり上げ、大粒の涙を溢れさせた。

「どうかしら。生まれ変わったら、また来られるかもしれない。――いいえ、来るわ。きっと、ここに戻ってくる。だって、こんなに好きな場所だったんだもの」

ノースショアは世界でも有数のサーフィンの町なのだそうだ。周囲のプレッシャーから創を守るため、離れた土地。それでも彼ら家族にとって、この海は特別な場所だったのだろう。

日本に移り住んでも、彼らは海の見える街で暮らすことを選んだ。ノースショアのような高い波は立たなくても、海を愛する人々が集い、海と共に生きる街で暮らしていた。

「今からでも、どうにかなるものかな……」

濡れた頬を無造作に拭い、ぼそりと呟いた創に、玲奈が前のめりに応える。

「どうにでもなります！　高認を取得すれば大学にだって行けるし、大学を出れば、多少出遅れたっていくらでも社会に戻れるんですよ。私だってこのとおり、すでに三年も出遅れてます。ウチのＮＰＯには、三十歳になってから一念発起して社会復帰した人もいるんですよ」

そんな人たちを支えるのが私たちの役目なんです、と彼女は胸を張って告げる。

「だけど、きみは教員採用試験に受かったら、ＮＰＯをやめるんだろう」

扉越しに語られた玲奈の言葉。創はちゃんと訊いていたようだ。扉を閉ざしたまま、なにも応えなくても、彼女の声は創に届いていた。

「年度が替わって担任じゃなくなっても、教師は自分が受け持った生徒の幸せを、ずっとずっと願っています。それと同じです。ＮＰＯを卒業することになったとしても、創さんをはじめ、担当させていただいたみんなのことを、私はずっと支え続けます！」

自分より年下の小柄な女性が発した、力強い言葉。創は困ったような顔で、苦笑を漏らした。

「『偽善者め』といってやりたいところだが……きみのそれは、偽善を超えているな」

「私の担任の先生は、私と同じくらいのしつこさで、ひたすら寄り添ってくれましたから」

「よいスタッフの方がいてくださる団体に寄付できて、本当によかったわ……」

茜にとって、NPO団体への寄付は賭けだったようだ。弁護士が間に入ってくれているとはいえ、どこまで親身になってくれるかわからない。藁にも縋る思いで、寄付したのだという。深々と頭を下げられ、玲奈は「好きでやっているだけのことですから」と恐縮する。

いつのまにか、車窓の虹は消えていた。タブレットもスリープモードになって、創の描いたスケッチブックの虹だけが残った。空はすっかり明るく晴れ渡り、まばゆい日差しに溢れている。

「もう、冥土に行かなくてはいけない時間ですか?」

不安になって訊ねた未来来に、アレクセイは小さく首を振った。

「いえ、日本はまだ真夜中です。あと五時間くらいは大丈夫ですよ。そろそろ戻らなくてはなりませんが」

茜は日本に戻る前に、創にウミガメを見せたかったようだ。けれども時間が早いせいか、まだ陸に甲羅干しをしに来ているカメはいない。十一月のノースショアはとても波が高く、車内から海中のカメを探すのは難しく、断念したようだ。

「もしかしたら、諦めなくても済むかもしれませんよ。今から日本に帰るんですよね?

江ノ島にウミガメが見られる場所があるじゃないですか」

玲奈の言葉に、茜は首を傾げる。

「江ノ島でウミガメなんて聞いたことがないわ」

「江ノ島水族館ですよ。江ノ島水族館の、『ウミガメの浜辺』です。あそこなら、車内からでもウミガメを見ることができるのではないでしょうか」

ウミガメの浜辺というのは、江ノ島水族館の建物と相模湾の狭間に作られた人工の海なのだそうだ。回遊できる大きな屋外水槽と、産卵のための砂浜を備えているのだという。

「本物の海と違って浅いから、列車のなかからでも、カメを見ることができますよ」

「アレクセイさん。上野に戻る前に、江ノ島に寄る時間はありますか」

もしかしたら、アレクセイに無理をさせることになってしまうだろうか。不安になりながら、未来来はそう訊ねた。

「江ノ島も上野も変わりません。シロノ、出発しますよ。クロノに行き先を伝えてください」

アレクセイが命じると、猫の姿になったシロノが駆け出してゆく。しばらくすると、ゆっくりと列車が動き出した。

「ノースの海も見納めか……」

感慨深げに呟く創に、茜が首を振ってみせる。

「『また見に来たいな』でしょ。来ようと思えば、あなたはいつだって来られるんだから」

創はこくりと頷き、スケッチブックのページをめくる。新しく現れた白い紙面いっぱいに、彼はノースの朝の海を描いた。

青く晴れ渡った空、朝日を浴びて輝く水面。夢中になって色鉛筆を走らせる彼の姿を、茜は幸せそうに見守っていた。


いつのまにか、うとうとしてしまっていたようだ。

車内チャイムの音に目を覚ますと、そこはロビーカーだった。隣の席には、一心不乱に色鉛筆を動かす創の姿と、それを見守る茜の姿。

ほんの一瞬、眠っていただけだろうか。そう思い、彼のスケッチブックに目をやると、そこにはノースの海ではなく、愛らしいウミガメの姿が描かれていた。

「ここは……」

「江ノ島ですよ。そろそろ夜が明けます」

玲奈の言葉に、未来来は目を瞬かせてアレクセイの姿を探す。

「アレクセイさんは？」

「あんみつを取りに行ったのですけど、おかしいですね。もう大分経ったっているような……」

未来来は椅子から飛び上がり、食堂車に駆け込んだ。

「アレクセイさん！」

厨房の壁にもたれ、アレクセイはぐったりしていた。

「なにしてるんですか、こんなところで」

「なにって、あんみつのお供にコーヒーを……」

力なく答えるアレクセイに、未来来は駆け寄った。

「コーヒーなら、おれが淹れます。具合が悪いの、力を使いすぎたせいですよね？　どうしてこんな無茶をしたんですか……っ」

未来来の言葉に、アレクセイはいつもどおりのそっけない口調でいう。

「『点数稼ぎ』ですよ。よい成果を出せば、十王に望みを叶えてもらえるのです」

アレクセイの望み。いったいどんなものなのだろう。わからないけれど、こんなに無茶をしては、不老不死の死神とはいえ、どうにかなってしまうのではないだろうか。

「お願いですから、少し休んでください。コーヒーとあんみつの用意、おれがしますから」

アレクセイがコーヒーを淹れる姿を毎回見ているから、未来来も手順は覚えた。

ハンドミルで豆を挽(ひ)いてドリッパーにペーパーフィルターをセットする。細口ケトルで『の』の字を書くように粉を湿らせると、ぷっくりとハンバーグのように膨らんだ。厨房内に、ふわりと芳醇な香りが立ちのぼる。

「アレクセイさんはここで飲みますか」

「いいえ、私も行きます。そろそろ、茜さんの最期の望みを訊かなくてはなりませんから」

よろめきながらも、アレクセイは厨房を出ていく。未来来は淹れ終わったコーヒーとあんみつをトレイにのせ、彼の後に続いた。

「よかったら、あんみつとコーヒーをどうぞ」

器に盛りつけたあんみつを差し出すと、茜が嬉しそうに目を細める。

「あら、とってもおいしそうね」

上野のあんみつ屋の秋限定、栗あんみつに抹茶アイスを添えたもの。こっくりした栗の甘さには抹茶のほろ苦さが合うと、未来来は常々思っている。

「おいしいわ。あんみつって意外とコーヒーに合うのね」

拒絶されるかと思ったけれど、創も大人しく食べてくれた。彼の隣で、玲奈もおいしそうに顔をほころばせる。

ちらりとアレクセイの横顔を盗み見ると、彼は神妙な顔つきでコーヒーを味わっていた。

「大河さんの味、ですか」

先手を打って告げた未来来に、アレクセイは眉をひそめてみせる。

「大河の淹れるコーヒーには、もっと深みがあります」

いつもは未来来の作る料理を大河そっくりの味だというくせに。なぜだか謎の返しをされてしまった。

いつのまにか、列車が動き始めている。朝焼けに染まる江ノ島の海が遠のいてゆく。

創の手元には、描きかけのカメの絵。

「最後まで描けませんでしたね」

未来来の言葉に、創は「どうせ近所だし」と答えた。

どうせ近所だし、いつだって来られる。その先に続く言葉がそうであったらいいと、未来来は心から願わずにはいられなかった。


「そろそろ時間です。心残りはありませんか」

アレクセイに問われ、茜は慈しむようなまなざしで創を見つめ、大きく頷いた。

「人は死後、十王に生前の記憶を消されることになりますが、私には十王にも消せない場所に、現世の記憶をひとつだけ残すことができます。残したい記憶があれば、教えてください」

「ひとつだけ？　欲張ることはできないのね」

「ええ。ひとつだけです。その代わり、その記憶は亡くなった後も、次の生（せい）を生きるときも、保持することができます」

茜はしばらく考え込むような仕草をした後、穏やかな声音で答えた。

「創の絵を、覚えていたい。たったひとつしか持っていけないのなら、息子の絵の記憶を持っていきたいわ」

「そんなもの覚えていて、なんになるんだ」

不機嫌そうに眉を吊り上げる創に、茜はにっこりと微笑んでみせる。

「いつかどこかで、あなたの絵を見られたら嬉しいじゃない。だからどうか、このまま描き続けていてね」

茜がふたたび生まれ変わり、創の絵を目にする可能性。とてつもなく低いような気がするけれど、きっと確率はゼロじゃない。もし見られなかったとしても——きっと創が絵を描き続けるモチベーションにはなるだろう。描き続け、発表し続けていれば、どこかで二人の人生は重なる可能性がある。

「高校ごときで、酷評される絵なのに。本気でオレなんかの絵が世に出ると思ってるのか」

「世に出るかどうかなんて、誰にもわからない。でも、ひとつだけわかることがあるわ。描くのをやめてしまったら、その確率は0パーセントになる。だけどね、やめなければ、少なくとも0パーセントにはならないの」

絵を描き続けて欲しい。部屋の外に出て欲しい。切実な彼女の願いに、未来来は胸が痛くなった。

列車はいつものように不忍池(しのばずのいけ)の水中トンネルを通って廃駅に入線し、見慣れた五つ星広場が見えてくる。車内チャイムが響き、シロノのアナウンスが流れた。

「元気でね」

頑張れ、とは、茜はいわなかった。ただ、身体に気をつけてね、と創の健康を気遣っている。

言葉で気持ちを伝えることが苦手なのかもしれない。創は無言のまま、スケッチブックを彼女に差し出した。開かれたページ。そこには二重の虹の下、微笑む茜と拓馬の姿がある。青い海をバックに描かれた絵。彼女はそれを抱きしめ、泣き出してしまった。

「Double rainbow」

その先に続く早口の英語は、未来来には聞き取れなかった。けれども創の声音から、彼が茜の幸せを心から願っているのだということだけは伝わってきた。

家族の幸せを願い、二重の虹を描き続けた、松ヶ迫拓馬。息子である創にとっても、きっと、茜と一緒に見た今朝(けさ)の虹は、特別なモチーフになるだろう。

泣きじゃくる茜の肩を叩き、彼は列車の外に出る。もう、降りなくてはいけない時間だ。未来来と玲奈も茜に別れを告げ、彼の後に続いた。

鳴り響く発車ベルの音。ゆっくりと動き出す車体を、三人で見送る。完全に消えてしまっても、創はしばらくのあいだ、そこから動こうとはしなかった。

「帰るか」

ぽそりと呟いた創と共に、地上へと続く階段を上る。

「え、嘘だ。なんで……？」

ふだんなら夕暮れどきに戻っているのに。扉の向こうはまばゆい朝日が降り注いでいた。

「アレクセイさん……」

いつもは彼が時間を戻してくれていたのだと思う。もしかしたら今回は、そうすることができないほど、疲弊していたのかもしれない。

心配になって廃駅に戻ろうとしたけれど、翡翠色の扉は固く閉ざしたまま、どんなに頑張っても開くことがなかった。

「本当に、ありがとうございました！」

なぜか創ではなく、玲奈が深々と頭を下げる。

「いえ、こちらこそ、協力していただけて助かりました。今から藤沢（ふじさわ）に帰るんですか」

「創さんをおうちに送って、急いで出勤の準備をしないと」

彼女は車の鍵を掲げ、にっこりと微笑む。

「お気をつけて」彼女にそう告げた後、未来来は彼女の隣に立つ創を見上げた。

「おれ、創さんの描く絵、大好きです。おれ、大叔父のやってる定食屋を手伝ってるんですけど……いつか、店を継げたらいいなぁって思ってて。そのときは店の壁に、創さんの描いた絵を飾りたいです。だから、絵、頑張ってください」

ふざけるなって嫌そうな顔をされるかもしれない。そう思い身構えたけれど、未来来の予想に反し、創はニッと微笑んだ。

初めて見る彼の満面の笑顔。髪もひげも伸び放題で、顔の輪郭もだらしなくゆるんでいるのに。その笑顔は朝日を浴びて輝く海のように、とても爽やかに見えた。

「思いっきりふっかけてやるから。せいぜい旨いモノ作れるようになって店を繁盛させろ」

彼なりの、エールなのかもしれない。未来来は笑顔で、「頑張ります」と答えた。

本当の親子じゃないし、大叔父があの店を未来来に継がせてくれるかどうかなんてわからない。そもそも、大人になってもあの家に居続けていいのかさえ、わからないけれど。

それでも許してもらえるのなら、未来来はあの店で料理を作り続けていたい。常連のお客さんたちに「旨いな」といってもらえるような、料理を作れるようになりたいのだ。

十八歳の誕生日が来たら、アレクセイに殺されることになるかもしれない。

その不安は消えないけれど、もしかしたら、未来来が大河と同じくらいおいしい料理を作れるようになれば、このままでもいいって、思ってもらえるかもしれない。

ポケットのなかでスマホが震える。アレクセイかと思い急いで引っ張り出すと、陽一からだった。無断外泊した未来来を、とても心配しているようだ。大量のメッセージと着信に青ざめる。

「やばい、帰らないと！」

創と玲奈に手を振り、未来来は全速力で家へと急いだ。

第四章 上野動物園とビーフポットパイ

初めて無断外泊をした未来来(みらくる)を、大叔父は叱り飛ばしたりはしなかった。いつもどおりの仏頂面で、「遅くなるときは連絡くらい入れろ」といっただけだ。代わりに常連客の陽一(よういち)に、みっちりと説教された。

「剛志(つよし)さんがどれだけ心配したか、お前にはわからないのか」

いつもはにこやかな陽一が、これだけ怒るのだ。予測不能な事態だったとはいえ、しっかり反省しなくてはいけない。

「やっぱり、正直に打ち明けたほうがいいのかな……」

寝台特急の食堂車で働いていること。いまだにいえずにいるけれど、そろそろ潮時かもしれない。

「アレクセイさんに相談してみよう。周りの人に、どこまで話していいのかわからないし」

そんなふうに思いながら、未来来は一向に既読のつかないスマホを握りしめた。

寝不足でふらふらしながら、いつもどおり店の手伝いをする。

合間を見てはアレクセイのスマホにメッセージを送ってみたけれど、やはり何度送っても既読にはならなかった。

「なんだろう……。力を使いすぎて、寝込んじゃってるのかな」

夜営業の仕込みを終えると、未来来はフライトジャケットを掴んで店を飛び出した。混み合うアメ横の町を全速力で駆け抜け、廃駅へと向かう。

いつもどおり、彼に貰った鍵はきちんと身に着けている。それなのに、どんなに頑張っても、廃駅の扉は開くことがなかった。

まだ時間が早いせいだろうか。夜が更けるまでねばってみたけれど、何度試みても扉はびくともしない。

翌日も、その翌日も、一日に何度も通ったけれど、まったく開く気配がなかった。

なにかあったのだろうか。疲れ果てていた彼の姿が脳裏をよぎる。アレクセイのスマホに電話をかけてみたけれど、何度かけても繋がらず、メッセージも既読にはならなかった。

ぐったりと脱力し、廃駅の前にしゃがみ込む。

十二月に入って、日が暮れるのがめっきり早くなった。見上げた空は、すっかり深い闇に包まれている。諦めてポケットにスマホをしまいかけたそのとき、ふるふると震え出した。

急いでスワイプすると、画面に現れたのは、待ちわびていたアレクセイからの連絡ではなく、例のＮＰＯ法人のスタッフ、玲奈(れいな)からのメッセージだった。

十年間も引きこもりを続けていた創(はじめ)が、やっと自主的に家の外に出たのだそうだ。玲奈につき添われ、歯科医院に行ったらしい。

あの夜、食べたあんみつのおいしさに夢中になり、通販で取り寄せて連日のように食べ続けたせいで、創は虫歯になってしまったのだそうだ。虫歯の痛みに耐えきれず、ようやく外に出たのだという。

治療の帰りに、江ノ島水族館にも寄ったようだ。館内で撮影したと思(おぼ)しき写真と共に、年間パスポートのＩＤ写真が送られてきた。

パスポート用の写真を撮るときは、ぬいぐるみを抱く決まりでもあるのだろうか。真面目(まじめ)くさった顔でウミガメのぬいぐるみを抱く創の姿に、未来来は思わず噴き出してしまった。

『あんみつ&ウミガメパワー、効いてよかったですね』

笑顔のスタンプつきでメッセージを返す。そんなスタンプを使いながらも、実際の未来来は少しも笑うことができなかった。

アレクセイにほんのり恋心を抱いていたはずの玲奈。この十日ほどのあいだに、すっかり彼のことを忘れてしまったようだ。

寝台特急に乗ったことや、茜に会ったこと、ハワイに行ったことは覚えているのに。上野の廃駅から乗車したことや、シロノやクロノのこと、アレクセイに関する記憶が、すっぽり抜け落ちているのだ。

おそらく、アレクセイには記憶を残す能力があるのと同時に、消す能力もあるのだろう。いつか自分も、アレクセイのことを忘れてしまうのだろうか。

「どうしよう……もう、二度と会えないかもしれない」

しばらく呆然と廃駅を見上げ続けていると、ふたたびスマホが震えた。

「やばい。もうこんな時間っ」

液晶画面に表示されたのは、帰りが遅い未来来を心配する、常連客、陽一からのメッセージだった。ポケットにスマホを突っ込み、急いで立ち上がる。

振り返ってもう一度、廃駅を見上げた後、未来来は店へと戻った。

『季節限定メニュー、クリスマスあんみつを六つ買ってきてください』

アレクセイからようやく連絡が来たのは、オアフ島に行った日から一か月以上経った後、十二月中旬の夕刻だった。

急いであんみつ屋に走り、紙袋を引っ提げて廃駅を目指す。

どんなに頑張っても開かなかった扉が、拍子抜けするくらいあっさりと開いた。一段飛ばしで階段を駆け下り、寝台特急に駆け込む。食堂車に直行すると、そこにはありえない人物の姿があった。

「母さん……？」

アレクセイが無事だとわかったのは嬉しい。だけど目の前の光景を受け入れられず、未来来は手にしていたあんみつの紙袋を落としてしまった。

「未来来……」

幻だ、と思いたかった。似ているだけで、別人だと思いたい。けれどもかけられた声は、記憶のなかにこびりついて離れない、母の声そのものだ。

この列車は、死者を運ぶ寝台特急。頭ではわかっている。わかっているけれど、どうしてもその事実を受け入れられそうになかった。

気づけば、食堂車を飛び出していた。

ずっと、アレクセイに会いたかったのに。無事だって知りたかったのに。それでも今は一刻も早く、目の前の光景から逃げ出してしまいたかった。

階段を駆け上がり、赤になりかけた横断歩道をダッシュで渡る。どこをどう帰ったのかもわからないほど無心で、未来来は走り続けた。

アメ横のアーチをくぐり、人波をかき分けておおはしの前までたどり着くと、そこには黒ずくめの長身の男、アレクセイの姿があった。

きびすを返して逃げ出そうとして、背後から強引に抱き上げられる。

「わ、な、なにするんですかっ！　やめてください。離してっ……」

逃れようとして暴れる未来来を肩に担ぎ上げ、アレクセイは無言のまま上野駅方面へと運んでゆく。

「ちょっと待って、お願いだから、下ろしてくださいっ」

周囲の視線が痛い。こんな場面を大叔父や陽一に見られたら、なにをいわれるかわからない。それ以前に、この周辺の店の人たちも、未来来の顔見知りばかりだ。

「注目されるのが嫌なら、大人しくしていなさい」

アレクセイに一蹴され、未来来は渋々口を閉ざす。

どんなに抗(あらが)っても解放してくれない彼に担がれたまま、未来来はできるかぎり誰にも見られずに済むよう、手のひらで顔を覆い隠すようにして、地下廃駅へと運ばれた。

アレクセイがようやく解放してくれたのは、博物館動物園駅の扉の前だった。

重い足取りで階段を下り、嫌々ながらも大河に乗り込む。

食堂車の扉を開くと、勢いよく誰かが飛びかかってきた。思いきり突き飛ばされ、未来来はよろめいて床に腰を打ちつける。ずきんと激痛が走って、思わず呻き声が漏れた。

「お前なんかさっさと消えてしまえ。お前のせいで、アレクセイはあんな無茶をしたんだっ」

飛びかかってきた誰か——シロノは未来来に馬乗りになり、思いきり首を絞めた。

「シロノ、いったいなにをしているのですか」

凛とした声が響き渡る。アレクセイに窘められ、シロノはようやく未来来の首から手を離した。苦しさに咳き込む未来来から、シロノはぷいっと顔を背ける。

「あの日、十王の審理に遅刻したのは私のミスです。未来は悪くありません」

オアフ島に行ったあの夜、力を使い果たしたアレクセイは、茜を時間までに冥土に送り届けることができなかったのだそうだ。頼み込んでなんとか審理を受けさせてもらえたものの、彼は罰として冥土での謹慎と奉仕活動を課されてしまったのだという。

「それで、いつ来てもこの駅の扉が閉まっていたんですね……」

「何度もここへ来たのですか」

「べ、別に、来てませんけどっ……」

嘘だ。本当は連日、暇さえあれば一日に何度も通い続けていた。そのことを知られるのが恥ずかしくて、未来来は口ごもる。

アレクセイがなにかをいいかけたそのとき、食堂車の反対側の扉が開き、未来来の母、明日花（あすか）が入ってきた。

「未来来……ごめんなさい。私っ……」

突然泣き出され、未来来はどんな反応をしていいのかわからなくなった。

彼女は死んでしまったのだ。優しい言葉をかけるくらい、してあげるべきなのだと思う。頭ではわかっていても、うまく言葉が出てこない。

十年ぶりの再会。その舞台が死者を運ぶ寝台特急なんて、最悪すぎる。

「とりあえず、座れば」

そっけない声で告げた未来来に、明日花は大きく頷（うなず）いた。ほっそりとした体躯（たいく）、栗色（くりいろ）に染めた髪。三十歳を越えているはずなのに、ふんわりしたニットにミニスカートを合わせた彼女は、まるで女子学生のように見える。若作りをしなくてはならない仕事をしていたのだろうか。そう思うと、なんだかとても痛々しかった。

「未来来、大きくなったのね……」

「身長はね」

中身はちっとも成長していない。学校に行けなくなった中学二年生のままだ。学力も精神も少しも向上しないまま、身体（からだ）だけが大きくなってしまった。

「夜ごはん、なにを作ればいいの」

どんなふうに接していいのかわからず、未来来は彼女に、そう訊（たず）ねた。それが精いっぱいだった。声が震えて、頑張って平気なふりをするのに、動揺を隠しきれない。

「未来来、ビーフシチュー、好きだったよね。一緒に作りたいな」

未来来には、ビーフシチューが好きだったなどという記憶はない。単に、母に作れる料理がそれしかなかったのだ。市販のルウを使った、カレーやシチュー。小学校のキャンプで作るような料理しか、彼女には作れなかった。それ以外は、米を炊いてスーパーの惣菜を並べるのがやっとだった。

未来来を身ごもった彼女は、中三で家を飛び出し、当時十八歳だった未来来の父と所帯を持った。今の未来来より年下だ。なにも作れなくても仕方がなかったのかもしれない。

「わかった。材料、買ってくる」

「私は、一緒に行ったらダメなんだよね？」

「あなたをこの列車の外に出すわけにはいきません」

冷ややかな声音でアレクセイに告げられ、明日花はしょんぼりと肩を落とした。

「ビーフシチュー以外で、なにか欲しいもの、ある？」

未来来の問いかけに、明日花は即答した。

「未来来の食べたいものを」

「おれはこれからもなんでも食べられるからいいよ。母さんは、最期なんだよ。なにか欲しいものないの」

最期、と伝えるとき、ぎゅっと胸が痛んだ。痛みに気づかれないように、必死で平気な顔を作る。

「なにもないよ。大丈夫、こうして未来来に会えただけで、満足だから」

生きているときには、会おうとしなかったくせに。

そんなこと、いえるはずもなくて、未来来はさりげなく明日花に背を向けた。

クリスマスを目前に控え、上野の駅ビルも赤と緑のクリスマスカラーに溢れている。この季節、せっかくビーフシチューを作るなら、パーティーメニューのようにパイ包みにして、ポットパイにしてみるのもいいかもしれない。

いつものスーパーで買い物を済ませ、ビーフポットパイ作りに取りかかる。

明日花の料理の腕前は、未来来の記憶以上にとんでもないものだった。包丁の持ち方がありえないくらい変だし、卵を割れば盛大に殻を入れ、玉ねぎを二つに切っただけで、ボロボロと涙をこぼして自分の指を切ってしまう。

「あとはおれがやるから、そこに座ってて」

危なっかしくて見ていられなくて、未来来は彼女にそう告げた。

「ごめんなさい……」

申し訳なさそうに頭を下げる彼女に、未来来は「別に謝る必要ない」と答える。

もっと、ちゃんと優しくしなくちゃ。そう思うのに、どうしても目を合わせることができず、声もそっけなくなってしまう。

　モヤモヤした気持ちを振り切るように、熱した鉄なべに牛すね肉を投下する。じゅっと小気味よい音と共に、香ばしい匂いが立ちのぼる。いつもなら、いちばん気分の上がる瞬間だけれど、おいしそうに焼ける肉を前にしても、気持ちが上向くことはなかった。

　黙々と調理をする未来来の姿を、明日花はじっと見つめている。指の震えを悟られないように、未来来は必死で平気なふりをし続けた。

　料理スキルだけでなく、彼女は食べ方も酷(ひど)かった。箸どころか、スプーンの使い方さえ覚束(おぼつか)ないようだ。いったいどんな親に育てられたら、こんな酷い持ち方になるのだろう。

　一人で食べるのは嫌だという彼女のために、未来来は自分の分や、アレクセイたちの分も作った。小麦粉とバターでブラウンルウを手作りし、圧力鍋でホロホロになるまで、すね肉を煮込んだ自信作。パイもこんがりと香ばしく焼けて、とても見映えがいい。

　それなのに、未来来はちっとも食欲が湧いてこなかった。

「上野から、移動していないみたいですけど……」

　車窓から見える、夜の上野公園。怪訝(けげん)に思い訊ねた未来来に、アレクセイは答える。

「明日花さんの想い出(おもいで)の場所は、ここ、上野動物園なのです」

もしかしたら、未来来を置いて北海道に行ってしまったあの日、たった一度だけ訪れたこの場所が、彼女にとっていちばんの想い出の場所だというのだろうか。

「ごめん。ちょっと、トイレ……」

これ以上、この場にいられそうになかった。口を開いたら、モヤモヤした気持ちを、全部ぶちまけてしまいそうだ。

ふらりと立ち上がり、食堂車を飛び出す。これじゃあ、創と一緒だ。こんなことじゃダメだ。頭ではわかるのに、どうすることもできなかった。

ふだん、仮眠用に貸してもらっていたA寝台個室に駆け込み、鍵をかける。視線を上げると、座席の上にちょこんとパンダのぬいぐるみが置かれていた。

あの日、未来来が上野動物園で母に買ってもらったぬいぐるみ。十年前、上野駅のベンチに置いてきたはずのそれが、なぜか鎮座している。

「どうしてここに……」

呟(つぶや)いたそのとき、施錠したはずの個室の扉が開き、アレクセイが姿を現した。

「どうしてかって？　それは、あなたの心のなかに、ずっと残っている大切な記憶だからですよ」

そんなのは嘘だ。ちっとも大切なんかじゃない。――そう思いたいけれど、くり返し見続ける裁きの夢と同じように、上野駅十三番線ホームに置き去りにされたあの日の記憶は、未来来のなかに強く刻み込まれたまま、どんなに頑張っても消えてはくれない。

「あの日、彼女は最後まで迷っていたそうです。あなたを北海道に連れていくかどうか。ギリギリまで迷って、あなたの大叔父、大橋剛志さんに、託すことに決めたのです」

「おーじさんに託す？　母さんは、おれを捨てたんじゃないの」

「捨ててなどいません。あの日、彼女はあなたを守るために、あなたを置いていったのです」

明日花の再婚相手は友人の連帯保証人を務めており、その友人の事業が失敗したことにより、莫大な借金を背負うことになったのだそうだ。

彼は明日花に別れを切り出したが、彼女はそれを受け入れなかった。元夫のＤＶから自分と息子を救い出してくれた恩人。そんな彼を、見捨てることができなかったのだという。

借金の取り立ては苛烈で、彼だけでなく、明日花のパート先にまで執拗にやってきた。このままでは危ない。そう思い、彼らは未来来を連れて、逃げることを決意したのだそうだ。

当時、未来来たちは名古屋で暮らしていた。貸金業者に見つからないよう、いったん東京に出て、そこから北海道に逃げる計画だった。

どんなに逃げても、きっと完全には逃げきれない。『自己破産をしたら一家全員殺す』、と脅されていたのだそうだ。

「遠い北の地に身を隠し、身の安全を確保したうえで、借金を返済するつもりだったようです。二人とも向こうにあてがあるわけではなく、実入りのよい夜の仕事をして、稼ぐ計画だったのです」

身をひそめながら歓楽街で働き、多額の借金を返済する。そんな生活に幼い息子を巻き込むことに、彼女は不安を抱えていたのだそうだ。

「そんな大変な状況下で、どうして動物園になんか行ったんですか」

「『向こうに行ったら、子どもらしい生活は送らせてあげられなくなる。身を隠す以上、小学校にさえ通わせてあげることができない。せめて最後に一度だけでも、楽しい想い出を作ってあげたい』。そう思い、夜行列車の発車時刻を待つまでのあいだに、閉園間際の上野動物園に立ち寄ったのだそうです」

未来来にとって、あれは生まれて初めての動物園だった。

大きなゾウにキリン、凛々(りり)しい顔つきをしたライオンに、きれいな桃色のフラミンゴ。生まれて初めて見る珍しい動物たちの姿に感動したのを覚えている。パンダの展示室には行列ができていて、閉館までに見ることができなかった。

『いつか、また見に来ようね』

諦めきれずに泣きじゃくる未来来に、明日花はそういってパンダのぬいぐるみを買ってくれたのだ。

その『いつか』は、永遠に来ることがなかった。

遠足や写生大会で何度か上野動物園に行ったことがあるけれど、あの日のトラウマのせいで、未来来は一度もパンダを見たことがない。

「無邪気にはしゃぎまわるあなたの姿に、彼女は、あなたを『連れていけない』と思ったのだそうです」

なににも脅かされることなく、普通に学校に通い、子どもらしい生活を送って欲しい。そう願ったとき、真っ先に彼女の頭に浮かんだのは、元夫の叔父である、剛志の存在だったのだそうだ。

まだ未来来が幼かったころ、未来来の父親は、未来来と明日花を連れて、剛志のもとに金の無心に来たことがあるらしい。

『困ったことがあったら、いつでもいってくれ』

甥っ子の甲斐性のなさに呆れた剛志は、彼に金を貸さない代わりに、こっそりと嫁である明日花に金を手渡したのだという。

やせ細り、夫に殴られてできた痣を隠すためにファンデーションを分厚く塗ったくった彼女に、『子どものために、どこかで見切りをつけるのも大切だぞ』と、彼はおおはしの連絡先が書かれた割引券と、母子生活支援施設の連絡先が書かれた紙を手渡してくれたのだそうだ。

その四年後、上野駅の女子トイレの個室のなかで、明日花は携帯電話を握りしめて震えていた。財布からボロボロになった割引券を取り出し、おそるおそる電話をかける。

『突然ごめんなさい。私、どうしていいのか、わからないんですっ……』

電話越しに泣きじゃくる彼女を優しくなだめ、剛志は話を聞いてくれた。そして、『借金を返すめどが立つまで、俺が未来来を預かってやる』といってくれた。

力強いその言葉に、彼女は縋りつかずにはいられなかったのだそうだ。

永遠の別れじゃない。お金を返すまでの、短いあいだだけだ。それまでのあいだ、預かってもらおう。生活費もちゃんと送ろう。

発車時刻が間近に迫っていることを告げると、『今すぐ行くから、未来来に五つ星広場で待っているように伝えろ』といわれた。夜行列車を待つための専用の待合所。そこならば目立つから、と。

『ここで待っていてね。すぐに、迎えに来るから』

未来来をベンチに座らせ、彼女は断腸の思いで、その場を立ち去ったのだそうだ。

「あの日、おーじさんが迎えに来ることになってたの……?」

「あまりにも急ぎすぎて、駅前の交差点で信号を無視して突っ込んできたバイクに跳ねられてしまったようですけどね」

一命を取り留めたものの、生死をさまようほどの大けががだったのだそうだ。

「それで、待ちぼうけを食ったあなたの、例の暴挙に繋がるわけです。覚えていますか。駅のホームに飛び込もうとしたときのことを」

アレクセイに尋ねられ、おぼろげだった記憶が鮮明によみがえってくる。

駅員から、『北海道行きの列車は、もう全部出てしまったよ』といわれたときの絶望的な気持ち。世界中にたった一人きりで、取り残されてしまったかのような激しい胸の痛み。どうすることもできず、衝動的にホームに吸い寄せられてしまった。

「あのとき助けてくれたのは、アレクセイさんだったんですね……」

「別に、あなたを助けたわけじゃありません」

「おれじゃなくて、大河(たいが)さんを助けたんですね」

未来来の言葉に、アレクセイはなにも答えない。

『あなただけの魂ではないのですから』——何度もいわれた言葉だ。アレクセイにとって、未来来は大河の魂を宿した器でしかない。中身の大河に死なれては困るから、未来来を守ってくれているだけだ。

「あのブレスレットも、大河さんを守るためのものだったんでしょう」

未来来が死にたいと思うたびに、手首を締めつけ、激痛を起こさせた銀色のブレスレット。あれは大河の魂を守るために、アレクセイが未来来につけたものだったのだろう。

「あれが壊れたから、今度は直接、おれのようすを見守ろうとしたんですか」

そのために、この寝台特急で働くように声をかけたのかもしれない。そう思うと、なぜだかわからないけれど、無性に胸が苦しかった。

『十八歳になるまで我慢。誕生日が来たら殺してもいい。殺せば大河に戻る』

シロノがしょっちゅう呟いているアレは、おそらくシロノだけでなく、アレクセイ自身の願いなのだ。

「私のことはどうでもいいです。そんなことより、今のあなたには、もっと考えるべきことがあるのではないですか」

アレクセイの言葉に、ぎゅっと奥歯を噛みしめる。彼にとっては、どうでもいいことかもしれない。だけど、未来来にとっては、どうでもよくなんかない。

十八歳の誕生日まで、あと三か月半。黙って殺されろというのだろうか。

未来来の気持ちを無視して、アレクセイは話を明日花のことに戻してしまう。強引すぎるその切り替え方に、未来来は抗うことができなくなってしまった。

「一か月前、彼女はすべての借金を返すことができたのだそうです。パートナーの保険金でね」

「保険金……？」

二人は夜の街で懸命に働いたが、利息が高すぎてどんなに働いてもなかなか返すことができなかったのだそうだ。無理をしたせいで再婚相手は身体を壊し、闘病生活を続けていた。

彼には、貸金業者を受取人とした、生命保険がかけられていた。彼が亡くなり、貸金業者に多額の死亡保険金が入ったことで、ようやく借金を完済することができたのだという。

「借金から解放され、仕事をやめた彼女は、上野に戻ってきました。あなたに会いたい一心で帰ってきたものの、実際に上野の駅に降り立つと、怖くなってしまったのだそうです」

きっと、自分なんかが今さら出ていったところで、迷惑になるだけだ。——そう思い、改札を出ることができないまま、上野駅の構内をさまよい続ける。

無意識のうちに十三番線ホームに向かった彼女は、がらんとしたホームを見て絶望的な気持ちになったのだそうだ。

そこには夜行列車を待つための待合所も、乗車位置を報(しら)せる星のマークの案内板も存在しない。なにもかもが取り払われ、ひと気のない静まり返った空間。乗客で賑(にぎ)わう他のホームとあまりにも違うその寂しいホームは、まるで今の彼女の姿をそのまま写しているかのように感じられたのだという。

もう、なにもかも終わってしまった。壊れてしまった。取り返しなんか、つくはずがない。

ふらふらと売店に向かい、ウィスキーの小瓶を購入する。所持していた睡眠薬を、彼女はその酒で一気に飲み干してしまったのだという。

ふらつく足で、十三番線ホームへと戻ってゆく。ベンチも壁面の塗装も撤去され、なにもなくなった五つ星広場跡に、彼女は倒れていたのだそうだ。

「母さんの死因、病気や事故じゃないんですか？」

「薬物とアルコールの過剰摂取です」

自然と、手が伸びた。座席の上のパンダのぬいぐるみを摑み、未来来は部屋を飛び出す。

顔を合わせたって、かける言葉なんかない。それでも、母に会いたいと思った。

食堂車に駆け込むと、そこには泣きはらした顔をした、母の姿があった。瘦せていて、いつのまにか未来来より、小さくなってしまった身体。

無言のまま、未来来はパンダのぬいぐるみを差し出す。不思議そうな顔をする明日花に、未来来は絞り出すような声で告げた。

「『いつかまた来ようね』って。――今日が、その日？」

目の前の明日花が、泣き崩れる。

違う。こんなことじゃない。いいたいのは、そんなことじゃなくて。優しくしなくちゃ。最期なんだから。優しくしなくちゃいけない。そう思うのに、溢れてくるのは身勝手な言葉ばかりだった。

「こんなとこからじゃ、パンダ見えないし。っていうか、なんで勝手に死ぬわけ？　おれが寂しくないとでも思った？　おーじさんのとこに預けたら安心？　そんなわけないじゃん。ずっと逢いたかったし、すっごく寂しかったよ！」

気づけば、喚き散らしていた。こんなのダメだ。最期なのに。もう、逢えなくなるのに。彼女の未練をなくしてあげなくちゃいけないのに。恨み言ばっかり吐かれたら、余計に逝くに逝けなくなる。頭ではわかっているのに、止まらなかった。

「ごめん。未来来、ごめんねっ……」

泣きじゃくる明日花とは対照的に、一滴の涙も流れてこない。哀しくて、悔しくて、どうしていいのかわからなかった。

「勝手に死ぬなよ！　なんで、生きてるときに逢いに来てくれなかったんだよ！」

置いていかれたことも、連絡がなかったことも、今さらもう全部、どうでもいい。どうしてこんなそばまで来て、死んでしまったのか。そのことに腹が立って仕方がなかった。

「だって……今さら、許されないでしょう……？」

「誰が許してないなんていった？　もし、おれがめちゃくちゃ不幸になってたら、そりゃ恨むかもしれないよ。顔なんか見せに来るなって思ったかもしれない。だけどおれ、全然不幸じゃなかったもん。おーじさん、優しいし。商店街の人らも、お節介だけどみんないい人だし、全然嫌なことなんかなくて、死ぬの嫌だな、もっと生きたいなって思ってたくらいだし」

「未来来……あなた、どこか悪いの？」

心配そうな顔で訊ねられ、未来来は慌てて首を振った。

「あ、いや、えっと……どこも悪くない。たとえ話だよ」

十八歳の誕生日が来たら、死神に殺されることになるかもしれない。そんなこと、いえるはずがなかった。

「逢いたいって……思ってくれていたの？」

まっすぐ見つめられ、未来来はどうしていいのかわからなくなった。ぷい、と顔を背け、パンダのぬいぐるみを押しつける。

「約束、守って欲しかっただけ」

顔を背けたまま呟くと、思いきり抱きしめられた。細くて小さな胸に、ぎゅうぎゅうに抱きしめられる。

あったかくて、やわらかくて、子どものころに抱きしめられたときと同じ、甘い匂いがする。いつのまにか未来来も、母の身体をぎゅうぎゅうに抱きしめ返していた。

「夜の動物園なんて、真っ暗だし。みんな屋内にしまわれてて、なにも見えないよ」

「そう？　ちゃんといるよ。ほら、フラミンゴ、外にいる。未来来、フラミンゴ大好きだったでしょ」

明日花はそういって、窓の外を指さす。上野動物園上空。かなり高度を下げてくれているけれど、車内からでは、ほとんどまともに見ることができなかった。

「別に、フラミンゴなんか好きじゃない」

「嘘ばっかり。未来来、フラミンゴの檻（おり）から全然離れなかったよ。そのせいでパンダ見られなかったんだもん」

「なに、それ。おれのせいなの？」

「『もっと見るー！』って駄々こねたの、どこの誰かなぁ」

「駄々こねてなんてない！」

「はいはい。こねてたよ。フラミンゴと、シロクマもだね。手すりを握りしめて、ずーっと離さなかったの。そのくせパンダが見られなかったの、すっごく辛かったみたいで、全然泣きやまなくてね、だからパンダのぬいぐるみを買ったんだよ。『パンダ、また今度見に来ようね』って約束して」

　十年も前のことなのに。明日花はついこのあいだのことのように、あの日のことを語り続ける。その優しい笑顔が、あまりにもあのころと変わらなさすぎて、未来来はどうしていいのかわからなくなった。

「ごめんね、未来来。本当に、ごめんね……」

　よしよし、と頭を撫（な）でられ、その手を払いのける。

「今さら謝られたって困る。だいたい、未来来って名前。なんでこんな適当な名前つけたの？　この名前のせいで、おれ、めちゃくちゃ苦労してるんだけど」

いったん溢れ出すと、どこまでも溢れて止まらなくなってしまう。いちばんのトラウマを吐き出した未来来に、明日花はとても申し訳なさそうな顔をした。

「ごめん……そんなに、苦労した？」

「苦労するに決まってる。なんでこんな名前にしたのか、理解できないし」

「それはね……あなたが奇跡の子どもだからよ」

「奇跡の子ども？」

「未来来を妊娠したときね、あなたも知ってると思うけど、私、まだ十五歳だったの。周りから物凄く反対されたたし、何度も母親に産婦人科に連れていかれそうになった」

強引に連れていかれそうになるだけでなく、寝ているあいだに、勝手に病院に運び込まれたこともあるのだそうだ。

「私の母親はね、『ろくでもない男の子どもを妊娠したせいで不幸になった』って、毎日、朝から晩まで、ひたすら自分を妊娠させた男に対する恨み言を吐き続けているような人だったの。そんな男の血を引く私のことも、憎くてたまらなかったんだと思う。私が子どもを産むと、また自分が不幸になる、世話をしたり、お金を援助しなくちゃいけなくなるって、思っていたみたいなの」

顔を合わせるたびに『堕ろせ』と迫られ、彼氏の家や友人の家に避難しても、奇襲され、執念で病院に連れていかれそうになる。

それでも堕ろそうとしない明日花に業を煮やし、彼女の母親は、明日花を階段から突き落としたのだそうだ。

「そんな……どうして、血の繋がった実の母親が、そんな酷いことを……」

「もしかしたら赤ちゃんだけでなく、私のことも消してしまいたかったのかも。そうしたら、自由になれる。自分を捨てた憎い男の呪縛から解放されるって思っていたのかもしれないわ」

彼女の凶行は、一度ではなく三度もくり返された。三度目に突き落とされたとき、明日花は臨月だったのだそうだ。激しい腹痛を起こし、出血してしまったのだという。

「あのときはね、もう助からないって思ったの。必死で救急車を呼んで、『私は死んでもいい。この子だけは助けてください』って何度もお願いしたのを覚えてるわ。二人とも、死んじゃうかもって本気で思った。だけどね……ちゃんと助かったの。あなたも、私も。生まれてきたあなたの姿を見たとき、『奇跡の子だ』って思って。だから『未来来』って、つけたの。ごめんね……ダメだったね」

そんなふうにいわれ、未来来はどんな反応をしていいのかわからなくなってしまった。

「そんなに反対されて……なんで、産もうと思ったの？　高校も行けなくなるし、いいことなんか、なにもないのに」

掠れた声で告げた未来来に、明日花は笑ってみせる。

「いいこと、いっぱいあったよ。こんなに可愛い未来来に逢えた。——育ててあげられなくて、どれだけ謝っても謝りきれないけど。こんなに優しくて、いい子に育ててもらえたよ」

「どういう子どもに育つかなんて、わかんないじゃん。おれがクズだったらどうしたの。父親みたいに、暴力をふるうような子どもだったら？　『あんたなんか、産まなきゃよかった』っていいたくなるような子どもだったかもしれないよ」

未来来の言葉に、明日花はびくっと身体を震わせる。彼女の顔が、悲痛そうに歪んだ。

「私ね、その言葉が大嫌いだったの。物心がつく前からずーっと、毎日、毎日、母親にいわれ続けてきたから」

水商売をしている母親から、生まれてきた明日花。彼女の母は、一人で子どもを育てることの大変さに押し潰され、その苛立ちをぶつけ続けた。

『あんたなんか、産むんじゃなかった』『あんたさえ、できなければ私は不幸にならなかった』

呪いのように、日々くり返される言葉と暴力。それらから逃れるように、明日花は家に帰らなくなった。そして恋に落ち、未来来を宿したのだそうだ。

「絶対に、『いらない子』って、思いたくなかったの。ずっと、私がそういわれ続けてきたから。母親と同じ人間にだけは、なりたくなかったの。ごめんね、私の身勝手な想いのせいで、未来来をいっぱい苦しめたね……」

自分の親から、『産まなきゃよかった』といわれ続ける。『いらない子』だって、いわれ続ける。それは、いったいどれだけ辛いことなのだろう。

「別に……謝って欲しいなんて、思ってない。おれ、全然、不幸なんかじゃないし」

「でも、親がいないせいで、辛い思いをしたこともあるでしょ」

「あったかもしれないけど、それが、親がいないせいだったかどうかなんて、わかんないし」

確かに未来来は捨て子であることをからかわれ、いじめられていた。けれども、もし仮に未来来が捨て子ではなく、もっと普通の名前だったとしても、いじめられなかったという保証はないのだ。もしかしたら別の要因で、いじめられていたかもしれない。

「だけどっ……」

明日花の反論に、ぎゅるる、と盛大な腹の音が重なる。

「ぁ、ごめ……」

慌てて腹を押さえた未来来に、明日花はおかしそうに噴き出した。

「未来来、さっき、全然食べてなかったもんね」

「だって……」

食べられるわけがない。親の死を前にして、おいしくごはんが食べられる人間がいたら、見てみたいと思う。

「創さん、凄いメンタルの持ち主だったんだなぁ……」

引きこもりだった創も、飲んだくれていた笹原(ささはら)や翔太(しょうた)も。皆、大切な人の死を前にして、それでもちゃんと食事を摂(と)っていた。それどころか笹原や翔太なんて、亡くなった相手を気遣う優しさまで見せていた。

「なにか、食べる?」

「あんみつがありますよ」

「わ、アレクセイさん。いつのまに、ここに……」

突然聞こえた声に、びくっと身体をこわばらせる。

「さっきから、ずっとここにいましたよ」

さらっと答えられ、かぁっと頬が熱くなる。アレクセイだけじゃない。彼の隣にはシロノも控えていた。未来来に気づくと、べーっと舌を出してくる。

「あんみつ?　いいなぁ。もしかして、上野のお店の?」

「ええ。上野駅にあるあんみつ屋のあんみつです。季節限定、クリスマスあんみつですよ」

「わー、凄い。そんなのがあるのね！」

歓声を上げた明日花に、アレクセイは前のめりになって答える。

「とってもおいしいですよ。持ち帰り用のクリスマスあんみつには、いちごと若桃が入っているんです。なんと！　春限定の特別なトッピング、若桃を、先取りで食べられるんですよ」

なぜそんなにも、あんみつに情熱を注いでいるのかわからない。謎の熱弁に、明日花は「いいなー、おいしそう」と手を叩く。

「では、あんみつを用意しましょうか」

「まだ朝じゃないのに？」

「あんみつは、いつ食べてもおいしいのです。真夜中ですし、コーヒーよりお茶のほうがよいかもしれませんね。シロノ、お茶を淹れてください」

アレクセイに命じられ、シロノは小さく敬礼して去っていく。

食堂車のテーブルに並べられた、クリスマスあんみつ。それはどこがどうクリスマスなのかわからない、謎の物体だった。

「いちごの赤と、若桃の緑、白玉の白でクリスマスカラーなのだそうです。ちなみに店内用の緑は、若桃ではなく、抹茶アイスだそうです。ぜひ、そちらも食べてみたいものですね」

真顔で解説するアレクセイに、明日花がおかしそうに噴き出す。

「あんみつ、そんなに好きなの？」

「別に、好きではありませんよ。ただ、利便性のよい場所にあるので、お茶請けとして買いやすいだけです」

上野駅にはあんみつ屋だけでなく、ケーキ屋も和菓子屋もなんでも揃（そろ）っている。苦しすぎるいいわけに呆れつつ、未来来は久しぶりのあんみつをひとくち頬張った。

「おいしい……！」

シロノは未来来がいつもしているのと同じように、あんみつにアイスを添えて出してくれた。果肉のたっぷり入ったストロベリーアイス。甘酸っぱいそれは、こっくりしたあんこや爽やかな若桃と、とても相性がよかった。

「ストロベリーアイスを合わせてもおいしいんだね」

未来来の呟きに、シロノは得意げに胸をそらす。

そんな彼の姿を見て、明日花はおかしそうに笑った。

「未来来がこの子ぐらいの年頃だったころ、きっと可愛かったんだろうね」

「全然、可愛くなかったよ」

照れくさくなって否定した未来来を、明日花はぎゅっと抱きしめる。アレクセイやシロノがいる前で、そんなふうにされるのは物凄く恥ずかしい。だけど、震える彼女の腕を、振りほどくことはできそうになかった。

声を殺してむせび泣く明日花の背中を、そっとなでる。骨の浮いた薄い背中。彼女の短い人生を思い、未来来は無性に胸が苦しくなった。

自分自身が死者を見送る立場になってみると、寝台特急で過ごす時間は想像以上に短く感じられた。仮眠を取ることもなく、あっというまに空が白み始めた。

不忍池（しのばずのいけ）の水面が、朝日を浴びてきらきらと輝いている。

「未来来、あの日、本当はスワンボートに乗りたかったんだよね？」

「べ、別に、そんなの、乗りたいなんて思ってないしっ……」

慌てて否定した未来来の頬を、明日花はツン、とつつく。小さなころ、よく母にほっぺたを触られた。

『きよめもちみたいにふわっふわー』とよくいわれたけれど、未来来には、きよめもちというものがどういう食べ物なのか、いまだによくわからない。

「『きよめもちみたいー』」

母の声音を真似（まね）すると、思いきり彼女の声と被（かぶ）った。顔を見合わせ、二人揃って苦笑する。

「乗りなよ、誰かと。彼女でも友だちでも、誰でも。誰かと一緒に乗りなね。パンダも見て、いっぱい楽しいことして、思いっきり幸せな人生を歩んで欲しい――私に、そんなこという資格、ないと思うけど」

消え入りそうな声で、彼女はそうつけ加える。

「資格、なくなんてない。――っていうか、母さんが産んでくれなかったら、おれ、この世に存在すらしていないわけで……その部分に関しては、百パーセント感謝してるよ」

未来来の言葉に、彼女は泣き笑いの顔でおどけてみせる。

「それ以外の部分は、感謝してないんだー」

「してないとこも、ある。でも、産んでくれなかったら、そういうヤなことも、感じなかったわけだし」

いつのまにか、子どものころの自分に、すっかり戻っていた。明日花はそんな未来来を抱きしめ、濡れた頰をすり寄せてくる。

「化粧、つく」

「我慢して」

大好きだった、母の声。ぎゅっとしがみつき、熱く火照った背中を撫でる。

「そろそろ、駅舎に戻る時間です。十王の裁きを受ける際、人間はすべての記憶を消されることになりますが、私には彼らに消せない場所に、ひとつだけ生前の記憶を隠すことができる能力があります。明日花さん、なにか、残したい記憶はありますか」

アレクセイに問われ、明日花は涙交じりに告げる。

「未来来のことを、覚えていたい。迷惑かもしれないけど、この子のことを覚えていたいの」

「かしこまりました。それでは、息子さんの記憶を、残させていただきますね」

「ちょっと待って。おれのことを覚えていたって、探せなかったら意味がないよね？　何年後に生まれ変わるのかわかんないけど、母さんがまたどこかに生まれ直して、大きくなって、そのころにはおれなんておっさんになってて……いったいどうやって見つけるつもりなの」

未来来の問いかけに、明日花は力なく微笑(ほほえ)む。

「いいの、会えなくても。それでも、覚えていたいのよ。未来来は、忘れていいよ。嫌だったら、忘れていいから」

「忘れるわけないし。嫌だよ。会えないと嫌だ。アレクセイさん、残す記憶を変更して欲しい。おれ自体のことじゃダメだ。『アメ横の「めし処おおはし」』。おおはしにいる、おれのことを覚えていて。おれ、おーじさんの店を継ぐから。ずっと、あの店を守っていくつもりだから。だから生まれ変わって大きくなったら、いつかおれの作った飯を食べに来て。最高においしい料理を、作れるようになっておくから」

未来来の言葉に、明日花は目を瞬(しばたた)かせる。

「食べに行って……いいの？」

「いいに決まってる。っていうか、来なかったら怒る。——そのときは、おれを上野動物園に誘って。どんなに長い行列ができていても、パンダの列に並んで、スワンボートも乗って。きっとそのとき、おれ、おっさんだけど。加齢臭でくさくても我慢して乗って」

むいっとパンダのぬいぐるみを押しつけ、未来来はそう告げる。

「『いつかまた来ようね』って。約束、ちゃんと守って。そしたら、嫌だったこと全部忘れるから。ずっと、待ってるから。『他の誰か』じゃ、ダメなんだ。約束は、約束した人間が守らないと意味がないんだよ」

全部、いえた。ずっといいたくて、いえなかったこと。本当は、『大丈夫だよ』って。母さんがいなくても一人で頑張れるよって、いわなくちゃいけないのに。安心して旅立たせてあげなくちゃダメなのに。

「ごめん。みんなみたいに、行儀よく送り出してあげられない。おれ、嫌だもん。これでお別れ、とか、そんなの無理なんだ」

気づけば、頬を涙が伝っていた。どんなに辛くても、涙なんか出なかったのに。止まらなかった。涙でぐちゃぐちゃになった未来来を、明日花はぎゅうぎゅうに抱きしめる。

「甘えっ子なの、直っとらんかったね」

「直らんよ、そんなの」

そう答えると、むいむいとほっぺたを引っ張られた。

「やめろ、伸びる」

振り払っても振り払っても、明日花は未来来の頬を離そうとしない。ガタン、と列車が大きく揺れる。駅はもうすぐそこだ。車体は不忍池の水面に出現した空洞をめがけ、ゆっくりと下降してゆく。

「わ、凄い！　見て、未来来、鯉がいるよ！」

「鯉、そんなに珍しい？」

「珍しいよ！　生きてる魚なんて、見る機会なかったし」

職場と家の往復だったのだろうか。明日花の言葉に、ぎゅっと胸が痛くなる。

「水族館も一緒に行く？　すみだに母さんの好きなペンギンの大きな水槽のある水族館があるよ」

「水族館？　誰と行ったの？　彼女？」

「違う。おれがおおはしに預けられたばっかりのころ、ちょうどオープンしたとこで。おーじさん、魚好きだし。おーじさんと常連のお客さんが連れてってってくれた」

「剛志さん、そういう場所に連れていってくれてるんだ？」

「たまにはね」

大叔父なりに、親らしいことをしようと頑張ってくれたのだと思う。定休日が平日だから遠出はできなかったけれど、夏休みや冬休みは、必ず一度はどこかに連れていってくれた。

未来来の言葉に、明日花はほっとしたように微笑む。

「だからこんなに、素敵な子に育ったんだね」

「全然、素敵じゃない。不登校だし、中卒だし……」

「学歴なんて関係ないよ。おいしいごはんが作れて、優しい気持ちを持ってる。すっごく素敵な子に育ったよ」

ぎゅっと手を握られ、その手を離したくない気持ちになる。だけど、車窓には五つ星広場が見えている。

もう、終わりだ。未来来はここで降りなくちゃいけない。

「待ってる、から」

「うん。絶対、会いに行くね。今度はパンダ見ようね。ほんとに、ごめんね。未来来……元気でね。元気で、いっぱい幸せになってね」

やっとのことで、離した手のひら。ぎゅっと唇を噛みしめ、ホームに降り立つ。

「ばいばい」

彼女の声が、発車ベルにかき消される。ゆっくりと閉まる扉。あの日と同じように、未来来だけが、ホームに取り残されてしまう。

だけど、大丈夫。ちゃんと、約束したから。今度こそ、守ってくれるはずだから。未来来は頑張って、あの店を守り続けていけばいい。

十年後か、二十年後か、わからないけれど。いつか彼女が来てくれる日まで。おおはしを、守っていかなくちゃいけない。『お前なんかに継がせたくない』って大叔父はいうかもしれない。それでも頼み込もう。あの店が好きなのだ。上野の街が好き。できることならずっと、あの店で大叔父に恩返しをして、街の人たちにも、できるかぎり恩を返したい。

そこまで考えた後、未来来は自分の命が十八歳の誕生日までしか残されていないのだということを思い出した。

アレクセイもシロノも、未来来の死を望んでいる。

「どうしよう……」

思わず呟くと、「なにがですか」と背後で凜とした声が響いた。

「わっ、ア、アレクセイさんっ……どうしてここに……」

いつもならアレクセイも列車に乗って冥土に行くのに。なぜここにいるのだろう。

「アレクセイさん、行かなくていいんですか」

「あまりよくはありませんが、私の子猫たちはとても優秀ですから、あの子たちだけでもなんとかしてくれるでしょう。そんなことより、行きますよ」

腕を摑まれ、強引に引き寄せられる。

「行くって、どこへですか」

「あんみつ屋です。店内販売用のクリスマスあんみつが食べたいのです。あれは、十二月の二十五日までしか販売していないのです。急いで食べなくては、終わってしまいます」

いつもどおりのツンとした声で、アレクセイはそう答える。

「まさか、あんみつのために、冥土に行くのをやめたんですか⁉」

未来来の言葉に、アレクセイはなにも答えようとしない。長い脚ですたすたと階段を上ってゆく彼を、未来来は慌てて追いかけた。

すっかりクリスマス一色になった上野の街。上野駅のコンコースには、巨大なクリスマスツリーがそびえ立っている。

さすがは上野駅のツリーだ。ツリーにはいくつものパンダのぬいぐるみが飾られている。先頭によじのぼって星を摑もうとするパンダや、プレゼントボックスを嬉しそうに抱えたパンダ。愛くるしいその姿を、明日花にも見せてやりたい、と未来来は思った。

今回は無事に時間を戻してもらえたようだ。帰宅ラッシュで混み合う駅ビル内。アレクセイの美貌は周囲の視線を一身に集めている。

スマホのカメラを向けられても、黄色い歓声を上げられても、少しも気にすることなく、彼はまっすぐあんみつ屋を目指す。

ガラス張りの店内。道ゆく女性たちが、みんなアレクセイに見惚れている。それどころか、足を止める人たちまで出始める始末だ。あっというまに、あんみつ屋の前に人だかりができてしまった。

席に案内されるなり、彼はクリスマスあんみつを二つ注文する。未来来の意向を聞く気はないようだ。

いつも持ち帰りばかりだから、未来来も店内で食べるのは久しぶりだ。運ばれてきたあんみつは、土産用とは比べ物にならないくらい大きく、豪勢だった。

大きな陶器の器に彩りよく盛られた、真っ赤ないちごやつやつやのミカン、抹茶アイス。ツリーのようにそびえたつ純白のソフトクリームの存在感が目を惹く。

「凄いボリュームですね。ソフトクリームとアイス、どちらか片方でも充分なのに」

「この組み合わせがよいのですよ。ソフトクリーム入りは持ち帰りできませんし、ずっと店内で食べてみたいと思っていたのです」

店内で食べるのは初めてのようだ。アレクセイは嬉しそうに目を細める。

彼のいうとおり、確かに硬めでほろ苦い抹茶アイスクリームとゆるりと蕩けて寒天に絡みつく濃厚なソフトクリームのコラボレーションは絶妙だった。あんこの甘さとフルーツの甘酸っぱさ、豆の塩気、ひとつの器にたくさんのおいしさが詰まっている。

「未来、あなたにひとつ、お伝えしたいことがあります」

「なんですか……？」

きれいな所作で口元を拭い、アレクセイは未来来をじっと見据える。そのきりりとした表情に、周囲の人たちから歓声が上がった。漆黒のスーツをまとった銀髪の美形。お年寄りや女性客の多いあんみつ屋の店内に、これほど似合わない生き物も珍しいだろう。

「閻魔(えんま)の審判は、基本的には死後三十五日目に行われますが、いくつか例外があります。そのひとつが、自殺による場合です」

自殺者の魂は地縛化しやすく、十王の招集にも応(こた)えようとしない者が多いのだそうだ。そのため、彼らは自殺した瞬間に、死神の管理下に置かれるのだという。

「じゃあ、母さんは、自殺したばかりっていうことですか？」

「ええ、本日、十二月十四日の午後二時に、上野駅のベンチで自殺を図りました。病院に搬送され、処置室で生死をさまよっています」

アレクセイの言葉に、未来来は目を見開く。

「母さん、まだ生きてるの……？」

「生と死の狭間の状態にあります。自殺者というのは、死後の世界でも厄介な存在なのです。十王たちは、彼らが冥土に送られてくることを嫌がります。できることなら現世に留(とど)まらせたい。もう一度チャンスを与え、なんとか天寿を全(まっと)うさせたいと考えています。ですが、傷ついたままの魂を現世に戻したところで、なかなか生きる気力は戻りません。ですから私たち死神を使って、なんとか生への執着を取り戻させようと試みるのです」

「じゃあ、母さんは……」

「死神の私にできることは、すべてしました。あとは、彼女の想い次第です。彼女のなかに少しでも生きたいという気持ちがあるのなら、十王はきっと彼女の霊魂を彼女の肉体に戻すでしょう」

最後まで聞き終わる前に、未来来は飛び上がっていた。

「母さん、どこ？　どこの病院にいるんですかっ」

「お待ちなさい。今あなたが会いに行っても、彼女はあなたのことを覚えていませんよ」

「どうして⁉」

店の外に駆け出そうとする未来来の腕を摑み、アレクセイは椅子に座らせようとする。

「いったでしょう。十王は死者を冥土から現世に戻すとき、その者が所有する、すべての記憶を消すって。それは、自殺者を蘇生する場合も例外ではないのです」

「でも、アレクセイさんが記憶、残してくれたんですよね？　おおはしにいる、おれのことは覚えているんじゃないですか」

「私が残す記憶の復元には、時間がかかります。十王に見つからない心の奥底に隠しているのですから。早くとも十年、遅ければ二十年近く、その記憶は復元されません」

「そんなっ……」

今すぐ会いたいのに。そんなにも長いあいだ、思い出してもらうことができないというのだろうか。

「いいじゃないですか。十年、二十年なんて、あっというまですよ」

なんでもないことのように、アレクセイは言い放つ。

「そんなことといって、アレクセイさんはおれが十八歳になったら、おれのこと、殺す気でいるんですよね？」

未来来の問いかけに、アレクセイは形のよい眉を上げた。

「誰がそんなことをいいました？」

「だって、おれが死なないと、大河さんを取り戻せないんですよね？　シロノがいつもいってるじゃないですか。『早く殺して、大河に戻す』って」

「子猫の戯言(ざれごと)を真に受ける必要はありません。別にわざわざ殺さなくたって、人間なんて放っておいてもそのうち死にます。たとえあなたが、あと六十年生きたって、そんなものは永遠の時を生きる私にとって、一瞬の出来事でしかないのですよ」

「おれのこと、十八歳になっても殺さないんですか……？」

声が掠れた。うまく言葉が出てこなくて、震えに歪んでしまう。

「殺して欲しいんですか」

冷ややかな声音で訊ねられ、未来来はぶんぶんと首を振った。

「あなたが今の生(せい)を生きるのが辛いのなら、できるかぎり早く、殺してあげようと思っていました。実際にあなたは、過去に何度も死のうとしていましたしね」

「おれ、今はもう、死にたいなんて思ってないですっ……。おーじさんの店を継ぎたいし、母さんにも会いたい。母さんと、約束したから。もっと、もっと生きていたいんですっ……」

明日花が会いに来てくれたとき、未来来がおおはしにいなかったら、きっと彼女を絶望させることになるだろう。

そんなのは嫌だ。絶対に嫌だ。これ以上、彼女に哀しい思いをさせたくなんかない。

「ならば、生きなさい。あなたの決めたことを、邪魔する気はありません」

そっけない口調でいうと、アレクセイはあんみつの上のいちごをかじる。

「ほら、早く食べないとソフトクリームが溶けきってしまいますよ。あんみつを食すのは、時間との戦いです。暖房のよくきいた室内、この半溶けの状態で味わうのが至福なのです」

「え、ぁ……うん。えっと……ありがとう、ございます」

液状化してもミルキーなシロップみたいでおいしいけれど、アレクセイのいうとおり、確かに半溶けで、とろりと寒天に絡んだ状態が、いちばんおいしく感じられる気がする。

急いで頬張ると、いちごの甘酸っぱさと、あんこの甘み、優しい舌触りのソフトクリームの旨味が口いっぱいに広がってゆく。

「別に、お礼をいわれるようなことは、していませんよ。私は、どちらだっていいのです。大河でもあなたでも。この退屈な日々を紛らわすことができる相手がいて、きちんと味のする食べ物を食べられれば、それでいいのです」

「きちんと味のする食べ物？」

「以前もお話したと思いますが、私たち死神は、元々、食事を摂る必要がありません。そのせいか、あんみつやアイスクリームのように甘みの強い食べ物ならまだしも、普通の食事の味は、あまりよくわからないのです。どんなに高級な店に行っても、おいしいとは感じられませんでした。それに対し、大河やあなたの作る料理は、ちゃんと味がします。心からおいしいと思うことができるのですよ」

アレクセイの言葉に、未来来は目を瞬かせる。

「このあいだもちょっと思ったんですけど、それって単に、『誰かと一緒に食べるとおいしい』ってやつなんじゃないですか。高級なその店に、アレクセイさんは誰と行ったんですか」

「一人で行きましたが、なにか」

「大河さんの料理を食べるときは、いつもそばに、大河さんがいたんじゃないですか。大河さんも一緒に、食べていたんでしょう」

「いましたけど、それと味になんの関係があるというのです」

「自分のために思いをこめて作ってくれた料理を、自分を大切に思ってくれている人と一緒に食べる。おれ、それ以上においしい料理って、この世には存在しないと思うんです。大河さんの料理がおいしかったのは、アレクセイさんにとって、大河さんが特別な友人だったからじゃないんですか。大切な相手が作ってくれた料理だから、おいしく感じたんですよ」

剛志の家に初めて連れてこられたときのことを思い出す。

あの日も店には常連客の陽一がいて、剛志と彼は一生懸命、子どもの好きそうな献立を考えてくれた。

ケチャップ味のチキンライスと海老(えび)フライ。デミグラスソースのたっぷりかかったハンバーグ。未来来がひとくち頬張り、「おいしいです」と伝えると、剛志は心底安心した顔で、カウンターに脱力していた。

陽一に頭をぐりぐりされて、お客さん用のオレンジジュースまでごちそうになった。

あの日から未来来のなかで、剛志の作ってくれる料理が、自分に向けてくれる不器用な愛情が、なによりも大きな支えになった。

「ごめんなさい。アレクセイさん。もうしばらく……大河さんの魂、おれに貸してください」

アレクセイにとって大河の作る料理が特別なように、未来来にとって、大叔父の作る料理はかけがえのないものだ。たくさん注いでもらった愛情を、今度は自分が返していきたい。

そしていつか明日花が店に来たときには、とびきりおいしい料理で、もてなしてあげたい。

昨晩はほとんど食べられなかったけれど。今度こそ、母と一緒に笑い合っておいしいごはんを食べたい。さくさくのパイのなかから現れる、ほわほわと湯気をたてる濃厚なビーフシチュー。「こんなおいしい料理、食べるの初めてだよ」と笑ってくれた彼女と、いつかもう一度、食べることができたらいい。

「好きなだけ、使いなさい。あなたが生きているあいだは、その魂はあなたのものなのですから」

仏頂面なアレクセイの浮かべた、かすかな笑顔。その貴重な笑顔に、未来来は無性に懐かしい気持ちになった。

自分のなかに残されている、大河の記憶。彼が留めたいと願った記憶は、きっと目の前のアレクセイの記憶だ。

夢のなか、何度も目にした、銀色にきらきらと光り輝くもの。あれはアレクセイの髪なのだと思う。

「ちなみに、大河さんって、どうして人間に転生させられたんですか?」

夢に見続けた、恐ろしい光景。おそらくあれは、大河が十王に裁かれたときのものだろう。

「大河は冥土に連れていかなくてはいけない死者を、故意に逃したのです。人間に肩入れしすぎて、十王の命令に背いたのですよ」

幼い子どもを遺(のこ)して亡くなった、母親の霊。どうしても娘のそばにいたいと願う彼女を、彼はわざと列車の外に出してしまったのだそうだ。十王に発覚した際には、彼女はすでに地縛化し、どんなに引き剥がそうとしても、その土地から引き剥がすことができなかった。

そして彼女の霊は、娘に危害を加えようとした男を、呪い殺してしまったのだという。

「気持ちはわからなくもありませんが、霊としてこの世に留まったって、よいことなど、なにもないのです。人は生きて言葉を交わし合い、じかに触れ合って、ようやく互いの存在を認識し合うことができる。遺された者のことを大切に想うのならなおのこと、潔くこの世を去り、次の生(せい)にのぞまなくてはならない。あなたも人間として生きて、そのことを身をもって理解することができたでしょう」

大切な人を遺して逝くということ。誰にとっても辛い出来事なのだと思う。ましてや遺された者が幼い子どもなら、どんな形でもいいから、そばにいてあげたいと望む気持ちもわかる。だけどどんなにそばにいたって、実態のない霊にできることなんて限られているのだ。怨霊となって誰かを呪い殺したりすれば、それは負の連鎖を引き起こすことにしかならない。

「理解できた……と思います。少なくとも今のおれは、死者をここから逃がすようなことはしません」

この列車のなかですべきこと。それは死者に同情し、現世に留まる手引きをすることじゃない。心残りを解消し、次の生に向けた希望を与えることだ。そのために食堂車で出す料理が、少しでも役に立つというのなら、全力で死者と遺された人たちのための料理を作りたいと思う。

彼らの生きてきた日々を偲び、新たな一歩を踏み出す活力になるような料理。そんな料理を作れたらいい。

「大河さん、ごめんね。もう少しだけ、おれに時間をください」

そっと心臓に両手を重ね、未来来はそう呟く。

「どうせなら、できるだけ長く生きなさい」

早く大河に逢いたくて仕方がないはずなのに。アレクセイはなぜか、そんなふうにいってくれた。

「いいんですか?」

「構いませんよ。あなたの作る料理は、大河の作る料理と同じくらい、おいしいのですから」

そんなふうにいわれ、無性に胸が苦しくなる。

アレクセイが未来来の料理をおいしいと感じる理由。それは単に、未来来が大河の生まれ変わりだからだ。未来来自身の料理を、おいしいと感じてくれているわけじゃない。

「だけど、シロノはおれに、早く死んで欲しいって思っていますよね」

アレクセイさんだって、本当はそう思っているんじゃないですか。発しかけた言葉を、かろうじて飲み込む。

「あれは単に、あなたにじゃれているだけです。あなたになら、わがままやいじわるをいっても許してもらえる。そのことがわかっているから、構って欲しくて甘えているのですよ」

「そうなんですか？　さっき、思いっきり本気で首を絞められましたけど……」

「子猫がじゃれるのと同じです。私やクロノに甘えられないぶん、あの子は大河にも同じように、じゃれていたのですよ」

どう考えても『じゃれる』なんて可愛いものではないように思えるけれど、シロノは大河にも同じようなことを、くり返していたのだそうだ。

「おれのことが嫌いなのかと思ってました」

「あの子は嫌いな人間に、構うようなタイプではありません。いつだってツンとしているでしょう」

「嫌われていないんですかね……？」

「嫌われていませんよ。あなたはシロノにも、誰にも嫌われていない」

そんなふうにいわれ、未来来は照れくさい気持ちになった。

「そろそろ家に帰りなさい。遅くなると、心配されるのでしょう？」

「え、あ、うん。え、えっと……次からも仕事のときは、ちゃんとおれを呼んでくれますか」

ぎこちなく尋ねた未来来に、アレクセイは片眉を上げてみせる。

「呼ぶもなにも、あの列車の食堂車は、あなたのものでしょう。あの列車を運行し続ける以上、あなたが必要なんですよ」

アレクセイのいう『あなた』は、未来来ではなく、『大河』のことなのかもしれない。それでもいい。アレクセイが求めてくれるのなら、あの列車で、自分はこれからも死者のために精いっぱい料理を作ろう。アレクセイがおいしいと思ってくれるような、料理を作ろう。

未来来は素直に、そう思うことができた。

その日の夜、閉店後のおおはしで、未来来は剛志に「話があるんだ」と切り出した。片づけをしていた剛志はいつもどおりの仏頂面で、無言のまま、視線だけを未来来に向ける。

「俺、席外そうか？」

腰を浮かせかけた常連客の陽一に、未来来は「いい。そのままいて」と告げる。

いつだって、そばにいてくれた陽一。彼がいてくれたほうが、心強い。

「おーじさん、おれ……学校に通いたい。高校じゃなくて、高卒資格の取れる調理師専門学校。学費は自分でバイトして稼ぐから、行ってもいい？」

アレクセイから受け取り続けている、寝台特急でのアルバイト代。引き出しのなかに貯め続けているそのお金を使えば、一年分の学費くらいは支払えるだろう。

「そんなもの、稼がなくていい。高校と大学の学費なんか、とっくに貯めてある。何年お前の『親』をやってると思ってるんだ」

親。その言葉に、じんわりと胸が熱くなる。

「ありがと。でも、自分の学費くらい自分で出したいんだ」

「必要ない。それくらいは甘えろ。ただでさえ、お前はなにも欲しがらないんだ。誕生日やクリスマスだって、一度もなにかを欲しがったこと、ないだろう」

剛志にいわれ、未来来はぎこちなく目を伏せる。

正直にいえば、怖かったのだ。『あれが欲しい、これが欲しい』とわがままをいって、嫌われてしまったら……と思うと、なにもねだることができなかった。

『欲しいものなんてない』と毎年答え続ける未来来のために、大叔父はいつも陽一を介して入念にリサーチし、未来来が欲しいものを、プレゼントしてくれていた。

「学費のことなんか考えなくていい。せっかく学校で勉強するんだ。卒業後はホテルでも料亭でもどこでもいいから、ちゃんとした場所に就職して、しっかり鍛えてもらえ」

「嫌だ。おれは、この店で働きたい」

未来来の言葉に、剛志はむっつりした顔で押し黙る。なにも答えようとしない彼に、未来来はさらにこう告げた。

「おれが作りたいのは、高級な料理じゃない。毎日の食卓に並ぶような、普通の料理をおいしく作れるようになりたいんだ。おーじさんがこの店で作るみたいな、みんなを笑顔にできるごはんを作りたい。——中卒のままだと色々やばそうだから、ガッコ行くだけで。本当ならこのまま毎日、ここで朝も夜も働いて、おーじさんの背中を見て覚えたいくらいなんだ」

「それはダメだ。俺には、人にモノを教える才能がない」

「そうかな？　剛志さんはよく教えてると思うよ。未来来はたいていのモンなら一人で作れるし、お客さんに対する接し方も評判がいい。まあ、生まれ持った真面目さや素直さのせいもあると思うけど。剛志さんの育て方や教え方がいいからじゃないか」

「俺の育て方や教え方がいいわけじゃない。——全部、こいつの生まれ持ったモンだ」

きっぱりと言い切る剛志の頬が、かすかに赤らんでいるように見える。照れているのだろうか。いつもどおりの仏頂面のまま、彼はふい、と未来来たちに背を向けてしまった。

「定食屋なんて、楽な商売じゃないぞ。休みは少ないし、単価が安いからどんなに働いたって貧乏暇なしだ」

「それでもいいよ。それでもおれは、めし処おおはしを継ぎたい。この店で、おーじさんみたいに、みんなに愛されるごはんを作りたい。ダメかな？」

剛志の背中が、ふるふると震え出す。彼は節くれだった手のひらで顔を覆い隠すと、厨房を飛び出し、住居へと続く階段を駆け上がっていってしまった。

「おーじさん？」

追いかけようとする未来来を、陽一が引き留める。

「そっとしておいてやんな。あの人、意外に涙もろいとこあるから」

「涙もろい……？　えっ、おーじさん、泣いてるの⁉」

「無自覚かよ。あんなことといわれて、嬉し泣きしない親はいないだろ」

陽一に突っ込まれ、未来来は涙ぐむ剛志の姿を想像してみた。あまりにも想像がつかなさすぎて、なんだか妙な感じだ。

「あの人な、ものすごく後悔してたんだよ。お前の母ちゃんが北海道に行ったあの日、事故に遭っちまったことを」

未来来が十三番線ホームで母と離ればなれになったあの日、本当なら剛志が、上野駅まで迎えに来る予定だった。けれども彼は事故に遭い、病院に搬送されてしまったのだ。

「すんげぇ慌てて、俺のところに電話をかけてきたんだ。息も絶え絶えになりながら、『未来来を頼む』って。『今すぐ上野駅に行ってくれ』って。他のスタッフに店を任せて、駅まで大急ぎで駆けつけたけど、そのときにはもう、お前は駅員に保護された後だったんだ」

『その子の大叔父に頼まれたんです』と、陽一がどんなに説明しても、信じてもらうことができなかった。警察を経由して児童相談所に保護された未来来は、明日花の親類に養育されることになったのだそうだ。

「剛志さんも病院から、駅や警察に何度も問い合わせたんだけどな、『個人情報保護のためお教えできません』の一点張りで、お前の行方(ゆくえ)さえ教えてもらえなかったんだ。当時の商店街の会長さんが尽力してくれて、やっとのことでお前を保護した児童相談所がわかったんだけど、『別れた夫の叔父』って関係性じゃ、なかなか信用してもらえなかったんだよ。おまけに剛志さん、額に大きな傷跡があるだろう。あれのせいで、余計に印象がよくなかったみたいでさ」

「ずっと気になってたんだけど……あの傷って、どうしてできたの?」

「ああ、あれは、あの事故のときの傷だよ。額だけじゃない。跳ね飛ばされて、アスファルトに叩きつけられてな。肩やら背中やら、色んなところに傷が残ってるんだ」

いわれてみれば、大叔父は夏場でも長袖を着ている。海や川に釣りに行っても、いつもラッシュガードで肌を覆い隠しているのだ。

「おれのせいで、できた傷だったんだ……」

「別にお前のせいじゃない。悪いのは信号無視して突っ込んできた、バイクのライダーだよ」

顔に傷があり、人相もあまりよいとはいえない大叔父。何度も児童相談所に通ったが、門前払いをされ続けたのだそうだ。

「『独身で自営業者のあなたに、子育てができるわけがないでしょう』って頭ごなしに否定されて、それでもあの人は諦めなかったんだよ。明日花ちゃんの生育環境が、あんまよくなかったこと、知ってたからさ」

未来来も同じように酷い目に遭っているのではないかと、心配していたのだそうだ。

彼の予想は当たり、何軒かの親類宅で虐待を受けて、たらいまわしにされた後、未来来は養育を放棄され、施設に引き取られることになった。そのことを知った剛志が、再度『自分が養子にします』と名乗り出たのだそうだ。

「なんで……そこまでしてくれたの？」

「そりゃ、お前が可愛かったからだろ。あの人は血を分けた自分の子ども、持てねぇからな。明日花ちゃんから託されたお前のことが可愛くて仕方がなかったんだよ」

「やべ。今のなし。内緒な。聞かなかったことにしてくれ」

「おーじさん、病気？　どこか悪いの？」

心配になって尋ねた未来来の口を、陽一はむぐっと押さえつける。

この話は、触れてはいけない話なのだろう。未来来はこくん、と頷いて『もう聞かない』と目線だけで告げた。

「ってわけだから、お前は遠慮せずに、じゃんじゃん甘えてやりゃあいいんだよ。お前に甘えられることが、あの人は嬉しくて仕方がないんだから。血の濃さなんて関係ない。あの人にとって、お前はかけがえのない、大切な我が子なんだよ」

そんなふうにいわれ、涙腺がゆるんでしまいそうになった。必死で唇を嚙みしめ、なんとかこらえる。

「ありがと」

「そういうことは、剛志さんに直接いえ」

「ううん、今のありがとは、陽一さんへのありがとだよ。いつも店に来てくれて、おーじさんの友だちでいてくれてありがと」

無口でほとんど自分のことを語らない剛志。きっと彼にとって、気兼ねなく接することのできる陽一の存在は、とても大きな支えになっているだろう。

「今年こそ欲しいもの、教えてやれよ。そういうのも、親孝行のひとつなんだぜ」

陽一にいわれ、未来来はこくこくと頷いた。

しばらくすると、むすっとした顔の剛志が下りてきた。手には、調理師専門学校の募集要項をプリントアウトしたものが握られている。

「出願しめきりは二月。今なら、来春の開校に間に合う」

差し出されたそれを見て、未来来は青ざめる。

「試験日って……嘘だ、調理師専門学校って、入学試験あるの⁉」

「怖がる必要はない。国語と数学、作文と面接だけだ」

「怖いよ！　そんなの無理だし」

「安心しろ。簡単な試験だから」

「ほんとに……？」

不安になった未来来に、陽一が「俺が勉強を見てやるよ」といってくれた。

「今からで間に合う？」

「間に合わせるしかないだろ」

そんなふうにいわれ、未来来は戸惑いながらも頷く。ようやく外の世界に出ようと思うことができたのだ。ここで怯(ひる)んでしまっては、またダメになってしまう。

「もし、名前を変えたいのなら、進学前に改名の手続きをすればいい」

剛志にいわれ、未来来はふるふると首を振った。

「いい。——もしかしたら、またからかわれたり、いじめられたりするかもしれないけど。おれ……この名前、好きになれそうな気がしてきたから」

母が一生懸命、考えてつけてくれた名前。もう少しだけ、この名前で頑張ってみたい。もしかしたら、また心が折れて『変えたい』と思う日が来るかもしれないけれど。もう一度だけ、頑張ってみたいと思う。

陽一に視線で促され、未来来は大叔父に向き直る。

「おーじさん」

「なんだ」

今まで本当にありがとう。これからもよろしく。

言葉に出して告げることができず、未来来は目をそらす。

「クリスマスプレゼント……おれ専用の、包丁が欲しいな」

やっとのことで、告げた言葉。剛志はわずかに目を細め、「選んでおいてやる」といってくれた。

「自分の包丁を持つからには、きちんと手入れの仕方も覚えなくちゃダメだぞ」

「うん。大事にするから、お願い」

　さりげなく、陽一が席を立つ。

　未来来は小さく手を振って彼を見送った後、剛志と共に明日の仕込みに取りかかった。

　仕込みを終えた後、自室に戻ると、アレクセイからスマホにメッセージが送られてきていた。

『井上明日花さんの意識が戻りました』

　たった一文の短いメッセージ。入院先を訊ねても、教えてはくれないのだろう。

　それでもいい。いつか、きっと再会できるから。記憶を失った状態で意識を取り戻すなんて、この先の人生、楽じゃないと思う。だけど多額の借金を背負って身をひそめていたときよりは、ずっとまともな人生を送れるはずだ。

「身体に気をつけて、頑張って。おれも頑張るから」

　窓を開けて夜空を見上げてみたけれど、そこにはよどんだ鼠色の空が広がっているきりで、どんなに目をこらしても、寝台特急大河はおろか、星さえまともに見ることができなかった。

『キムチ鍋というものが、食べてみたいです』

　アレクセイから唐突に、そんなメッセージが送られてきた。

『どうしたんですか、突然』

理由を訊ねると、『明日は杏あんみつを四つ、買ってきてください』と斜め上の返信が送られてきた。相変わらず、会話のキャッチボールという概念は、彼には存在しないらしい。

四つということは、アレクセイとシロノ、クロノ、未来来のぶんということだ。仕事はないけれど、差し入れを持ってこいというリクエスト。もしかしたら、アレクセイなりに未来来を元気づけようとしてくれているのかもしれない。

『わかりました。おーじさんに鍋、借りていきます』

そう返すと、『シメの中華麵も、忘れないように』と送られてきた。いったいどこでそんな知識を仕入れたのだろう。ツンとした美貌のアレクセイが鍋をつついているところを想像すると、なんだかちょっと笑えてきた。

「いつか母さんとも、一緒に鍋、できるかな」

冬のあいだ、おおはしでは鍋料理も献立に加わる。だけどできることなら、店ではなく、この家の食卓で、剛志や陽一と共に、母と鍋を囲めたらいいと思う。

「アレクセイさんも、呼んだら、来てくれるかな」

十年以上先の未来。そのころも、未来来はあの食堂車で、アレクセイたちと働くことができているだろうか。

できることなら、働いていたい。学校に通い始めても、この店を継いでも、心を尽くした料理を作り、死者と残された人たちに向き合って生きてゆけたらいい。

そして腕を磨いて、いつか、母がこの店に食べに来てくれるのを待つのだ。

「母さん、少しは太っててくれるといいなぁ。ちゃんと中年っぽく、ふっくらしててくれたらいい」

楽しい人生を歩んで、きちんと箸も使えるようになって、笑いじわのひとつでも、できていてくれたらいい。

それまで逢えないのは寂しいけれど、元気でいることを信じて、自分にできることを精いっぱい頑張っていきたい。

『おいしいキムチ鍋のレシピ、勉強しておきます』

そう送ると、『子猫たちも楽しみにしています』と返ってきた。

「子猫たち『も』だって」

省かれた部分のメッセージを想い、思わず笑みが零(こぼ)れる。

この先の自分の人生が、あとどれくらい続くのかわからない。

大河さん、それまでどうか、おれにあなたの魂を貸していてください。

人間が大好きで、人間に肩入れしすぎて、地に堕とされたという死神の大河。

彼に思いを馳せつつ、未来来は『めいっぱいおいしいの作るから、期待してくださ
い！』と返信し、スマホをポケットに突っ込む。
「おーじさんに、おいしいキムチ鍋の作り方のコツ、教えてもらおう」
未来来は自室を飛び出し、店で晩酌をしているであろう剛志の元に駆け戻った。

本作品は書き下ろしです。

本作品に関するご意見、ご感想などは
〒101-8405
東京都千代田区神田三崎町2-18-11
二見書房 サラ文庫編集部　まで

上野発、冥土行き 寝台特急大河
～食堂車で最期の夜を～

著者　遠坂カナレ

発行所　株式会社 二見書房
東京都千代田区神田三崎町2-18-11
電話 03(3515)2311［営業］
03(3515)2314［編集］
振替 00170-4-2639

印刷　株式会社 堀内印刷所
製本　株式会社 村上製本所

落丁·乱丁本はお取り替えいたします。
定価は、カバーに表示してあります。

ISBN978-4-576-20066-8
https://www.futami.co.jp/